Clara y confusa

Cynthia Rimsky

Clara y confusa

EDITORIAL ANAGRAMA
BARCELONA

Ilustración: © María Aramburú

Primera edición: *noviembre 2024*

Diseño de la colección: Julio Vivas y Estudio A

Pau Claris, 172
08037 Barcelona

ISBN: 978-84-339-2754-5
Depósito legal: B. 18697-2024

Printed in Spain

Liberdúplex, S. L. U., ctra. BV 2249, km 7,4 - Polígono Torrentfondo
08791 Sant Llorenç d'Hortons

El día 4 de noviembre de 2024, el jurado compuesto por Aldo García Arias (de la librería Antonio Machado), Gonzalo Pontón Gijón, Marta Sanz, Juan Pablo Villalobos y la editora Silvia Sesé otorgó *ex aequo* el 42.º Premio Herralde de Novela a *Clara y confusa*, de Cynthia Rimsky, y *Los hechos de Key Biscayne*, de Xita Rubert.

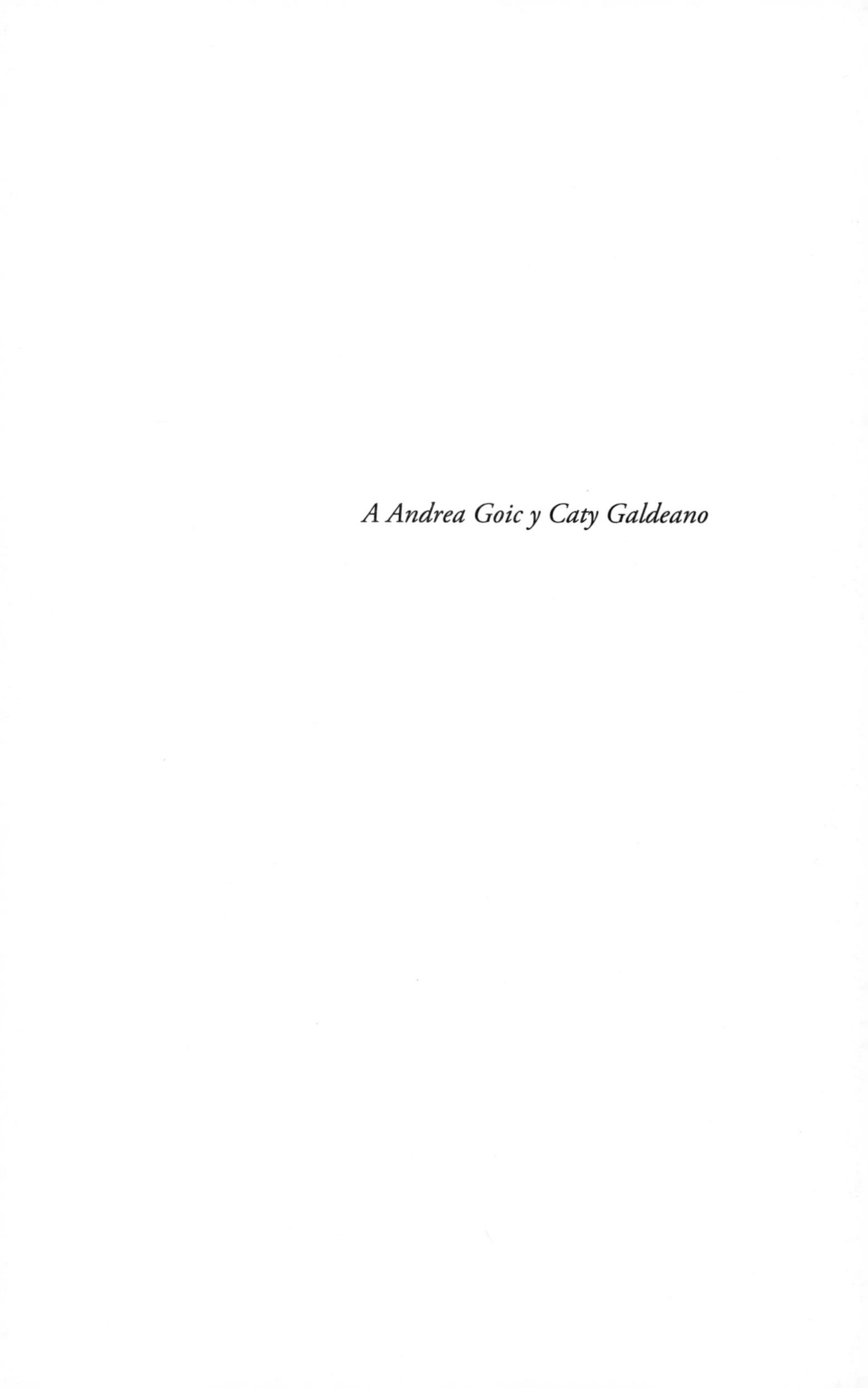

A Andrea Goic y Caty Galdeano

La mala hierba permaneció en el roto corazón.
«¿Qué haces aquí?», le pregunté.
Levantó su cabeza empapada
(¿con mis propios pensamientos?)
y contestó entonces: «Crezco», dijo,
«sólo para dividir de nuevo tu corazón».

ELIZABETH BISHOP

Cinco años

No es casual que esta historia llegue a sus vidas. Significa que están preparados para entender que ningún copo de nieve cae en el lugar equivocado.

Lo que voy a contarles comenzó hace cinco años, un invierno sin nieve, en un sencillo pueblo de la provincia llamado Parera. Ese tercer sábado del mes de julio me sentía especialmente intranquilo. La campanilla del teléfono fijo, herencia de mi madre, a cuya casa llegué a vivir después de su muerte, no había sonado en todo el día. Quien sí llamó al celular fue Ovidio. Me habló de un vecino de Vallesta, ciudad vecina al pueblo de Parera, que por las noches oía agua correr detrás de la medianera de su dormitorio. Me encargó que lo fuera a ver, ya que a su gato lo estaban operando por una obstrucción. Había aprendido el oficio de tanto acompañarlo en sus visitas y hasta algunas veces hice de ayudante. Nunca atendí a un cliente solo. Tú puedes, me dijo, y cortó.

El vecino de Vallesta se mostró contento de que un plomero lo llamara tan rápido. Le pregunté cuánto tiempo hacía que oía el agua.

–Ya no puedo dormirme si no la oigo, con eso le digo todo.

–¿Es solo de noche o también durante el día?

Repetía yo el cuestionario que había diseñado Ovidio para averiguar a qué filtración se refería el cliente cuando llamaba a un plomero.

–Puede que en el día los sonidos de la calle la aplaquen, y uno presta atención a muchas cosas al mismo tiempo... En la noche solo la oigo a ella.

–¿Hay algún indicio de agua en el muro?

–No.

–¿Y en el techo?

–Nada. Y la oigo tan clara como a usted ahora.

–¿En la medianera hay humedad?

–Si la hay, no se ve.

–¿Su casa está pareada con la vecina?

–...

Me dispuse a reformular la pregunta.

–El cuarto del que me habla comparte...

–¿Usted me pregunta si la pared de mi dormitorio, donde oigo el agua, es también la pared de los vecinos?

Ya que había entendido, esperé a que contestara. El hombre parecía resistirse a ocupar palabras concretas para nombrar la medianera. Insistí.

–¿A la altura de su cuarto, en la otra casa hay un baño?

En lugar de contestar, me contó que llamó a dos plomeros antes que a mí.

–El segundo me hizo las mismas preguntas que usted, prometió venir y no apareció.

Una filtración como la que el hombre se resistía a describir sería difícil y costosa de encontrar. Los demás plomeros huían de un cliente como aquel.

–Puede ser una fuga en una cañería –sugerí.

Silencio del otro lado.

–Hay plomeros expertos en cañerías que lo hacen fácil y rápido –mentí compasivo.

El silencio se acentuó. Yo era el tercer plomero al que llamaba, dijo. Me dio pena defraudar a Ovidio y retomé el cuestionario.

–¿Podría describir el sonido?

El hombre guardó un silencio distinto, como si estuviese reflexionando.

–Parece alguien que llora bajito... y a escondidas –contestó.

Estarán pensando que jamás saldrían de su casa un viernes a la tarde con alerta de tormenta para ir a la ciudad vecina porque un desesperado oye llorar bajito a una medianera. Les aseguro que las filtraciones fantasmas son tan reales como ustedes o como yo. Las personas guardan un silencio vergonzante si oyen agua y no se ven manchas, humedades, grietas, descascaramientos, ningún indicio de que el agua existe.

No fue Ovidio o el desesperado el que me impulsó a tomar un taxi para ir a Vallesta. Necesitaba huir de mi casa. No vayan a pensar que soy un criminal, o esta una historia policial. Hacía varios meses alguien había comenzado a llamar al teléfono fijo de la casa de mis padres. Algunos días llamaba hasta nueve veces seguidas. O una. O tres. O ninguna. Las llamadas no siguen un patrón, al menos uno matemático o lógico. Por supuesto, guardo un nombre en la boca, una posibilidad terrible. Ayer esta persona anónima marcó mi número a las nueve de la mañana y continuó llamando durante el día cada hora exacta. A las seis de la tarde contesté y mantuve la bocina junto a mi oído. Del otro lado oí un suspiro, suspiré, suspiró. Me senté en el piso, sobre una de las alfombritas que tejió mi madre con pésimo gusto, y de las que no logro deshacerme. Cayó la noche, dejaron de pasar autos por la calle y la vecina que se queda hasta tarde apagó el televisor. No me levanté a encender la luz. Por única vez desde que comenzó a llamarme no le exigí que me diera su nombre o sus motivos; no la ofendí, no grité, no corté la bocina de golpe. A Clara –si es que es ella– la tranquilizó que yo al fin aceptara la nueva restricción que después de cinco años creó para nosotros. Cinco años han pasado desde que me tomé el taxi para ir en ayuda de un vecino de Vallesta que oía llorar la medianera, y entonces la conocí.

A las cuatro de la tarde en el pueblo de Parera recién abre un ojo la canilla, la pava, el mechero, el perro, el motor de la bomba; habla solo el loco en el jardín, lo acompaña la tijera de podar del vecino. En los pueblos como Parera la interrupción de la vida entre el mediodía y las cinco de la tarde es una tradición tan antigua como las carreras de sortijas y no tiene ningún reconocimiento, ni siquiera como patrimonio inmaterial, me quejé ante el experto que fue a dar una conferencia sobre naturaleza y progreso al centro cultural de Vallesta. El tipo chamuyó que la siesta no cumplía con los parámetros mundiales... bla bla bla. En cambio le divirtió enterarse de que hay pueblos de la provincia que celebran la fiesta del mondongo, de la galleta de campo, de la sopaipilla pasada, el salame más largo, la torta frita, el chancho en piedra, la vaca con cuero, el pollo asado con plumas, ¡la fiesta del puré! El conferencista reía y reía en vez de comprender lo que yo intentaba decirle.

–Imagínense un domingo.

Les hablé a todos, conferencista incluido.

–Tres de la tarde, ni un alma en las calles, los vecinos en sus camas, en el sofá, en las mecedoras. Llegan los visitantes y, en vez de los comerciantes y sus chucherías, los bailes folklóricos, las chacareras, los sándwiches de bondiola, el olor a papa frita, encuentran reposeras, cientos de reposeras dispuestas a la sombra para tomar una larga siesta.

El silencio en la sala me reveló que estaba haciendo el ridículo. Escapé de la conferencia y del edificio. No me perdía nada. Las actividades del centro cultural estaban destinadas a analfabetos, personas a las que les sobra criterio y les falta sensibilidad. Una vez le pregunté a la directora –más difícil de encontrar que una filtración fantasma–: «¿Por qué no hacen actividades para los que sí estamos interesados en la cultura? Todo al revés. Convierten la cultura en un show liviano, infantil, destinado a un público masivo indiferente al arte. Al final, los que sí estamos interesados tenemos que tragarnos la entretención destinada a los que no para que esas pocas actividades sin interés no desaparezcan de la celdilla del Excel con el que la directora administra el no-centro cultural».

A ella le da lo mismo mientras le proporcionemos asistentes que le permitan cobrar el subsidio que entrega la Secretaría de Turismo de la Intendencia por el programa Desarrollando la Cultura Criolla. Todo eso se me vino a la cabeza mientras huía de la conferencia. No vi para adelante y adelante estaba la directora del centro cultural; sin detenerme a pensar le solté una encendida filípica sobre los supuestos expertos que traía de capital para maleducarnos. Reconozco que me fui de mambo. A mi decisión de no volver más al centro cultural se sumó la inconveniencia de entrar.

No lo van a creer: la casa del hombre que oía agua correr por la medianera quedaba a dos cuadras del centro cultural. El taxista pasaba por la fachada cuando lo llamaron por una emergencia y me dejó con exageradas disculpas en el mismísimo centro cultural. Vacío como siempre. Ya que estaba ahí me acerqué. La cartelera promocionaba un concurso literario sobre la enfermedad destinado a los adultos mayores (y sí, un funcionario pensó un tema novedoso hasta que se le partió la cabeza), una charla sobre inteligencia artificial, una obra de títeres (bajo el supuesto de que los niños traen a sus padres), una invitación para asistir al cierre de una exposición ese mismo viernes. Miré el reloj: partía dentro de cinco minutos. La invitación estaba escrita con letra manuscrita, supuse que por la misma artista, y para asegurarse de que no desapareciera, la había atravesado al corcho con alfileres de cabeza naranja. Lo más extraño era la mancha rosa de lápiz labial. Parecía un trozo de piel que hubiese quedado enganchado al papel. Busqué en el fichero la invitación a la apertura de la exposición. No estaba, o la habían sacado.

La casona en la que funcionaba el centro cultural tenía el clásico frente de las instituciones de las pequeñas ciudades del interior, de un color claro con una guarda más oscura, doble puerta de madera, una ventana a cada lado, un hall con una secretaría de atención al público. Al asumir el cargo, la nueva directora consideró imprescindible construir una fachada que invitara a las personas a superar la barrera de la cultura. ¡La barrera! Echaron abajo el adobe y levantaron un muro de vidrio para que los y las peatonas pudieran mirar las actividades desde la vereda, sin necesidad de entrar. Faltando tres minutos para las siete de la tarde, en la galería de arte solo había una mujer. En realidad, también estaba el encargado que la seguía sin saber dónde poner las manos. Supuse que estaba acostumbrado a descolgar los cuadros de las exposiciones por sí mismo y no en compañía de la artista. Ella, la artista, llevaba ropa sencilla negra y zoquetes rojos, era delgada y seria, con los labios rosa claro. A las siete en punto, siempre desde la vereda, la observé acercarse a una de sus pinturas colgadas en la pared. Distinguí unas manchas naranjas, no parecía una pintura realista o figurativa. La artista comenzó a hablar, y no era al encargado que tenía a su espalda. Lo único que había adelante era el cuadro. La artista le hablaba a su cuadro. Me pregunté si su idea original fue hacerlo delante del público, que no se presentó. En un intento por escuchar lo que decía, el encargado acercó la cabeza y quedó equilibrándose. No supe si tenía dificultades para oír o no entendía lo que ella decía. De cualquier manera prefirió retroceder. La artista descolgó el cuadro y lo bajó al piso. Creí que iba a apoyarlo contra la pared; con extrema delicadeza lo puso boca abajo como si quisiera evitarle la visión de lo que iba a ocurrir. Se acercó a la pared donde estuvo colgada la pintura los días que duró la exposición y se la quedó observando. Había algo tan desolador en su espera. La artista desplazó sus dedos por la pared y palpó lenta, cuidadosamente la superficie... Imaginé que buscaba una sombra, un rastro de polvo, un rasguño, algo que indicara que la pintura estuvo a la vista de un público que no se presentó, y solo se encontró con la pared blanca, vacía, hostil.

Por Dios, no tiene una amiga, un familiar, alguien que la acompañe, me pregunté.

Los dedos de la artista subieron hasta el tornillo del que estuvo colgada la pintura y lo envolvieron. La vi tirar con fuerza de él, como si quisiera comprobar su firmeza. Satisfecha, se alejó a buscar una escalerita de tres peldaños que había en la sala y la puso bajo el tornillo. Subió al peldaño de más arriba, se dio vuelta para mirar al público que no vino y, por medio de un gancho que debió de coser a su chaqueta, se colgó del tornillo. Soy un sentimental. Mis lágrimas quedaron colgando junto con ella. El encargado me instó con un gesto a entrar a la exposición; supongo que lo hacía a escondidas para no ilusionar a la artista por si yo seguía de largo, que es lo que hice.

La casa del hombre que oía llorar a la medianera tenía un techo bajo de una sola agua, ventanas escasas y pequeñas. Me impresionó la austeridad con la que vivía. Los muebles, adornos, objetos de valor, con los que alguien había habitado con elegancia, habían sido desplazados hacia los costados. Por ese estrecho pasadizo el hombre iba y venía tratando de olvidar el llanto bajito de la medianera. Las tazas, los ceniceros, las herramientas daban cuenta de que se detenía a escuchar y olvidaba lo que iba a hacer. El dormitorio tenía una cama angosta, una mesa de luz, una silla, un ropero. Dejé el maletín que me había entregado Ovidio en el suelo. Era de cuero firme con herrajes de bronce. Pesaba. Saqué la bolsita de terciopelo. ¿Creyeron que adentro había llaves para tubos, ajustables, de grifo, inglesa...? Frío, frío como el agua del río. En el maletín hay una bolsita de terciopelo azul con un estetoscopio cromado que Ovidio le compró a la viuda de un cardiólogo.

–¿Quieres escuchar? –me preguntó Ovidio una de las veces en las que no tenía nada que hacer y lo acompañé a trabajar.

Cuando me puse las olivas imaginé que iba a encontrar un silencio total y casi me estallaron los oídos. Ladridos, pasos, viento, máquinas, actividades, llantos, cantos, discusiones... Si bien en la casa solo estaba la señora de la limpieza, los sonidos de los demás habitantes, sus movimientos, sus conversaciones, seguían presentes. En el departamento de una clienta soltera lloraba un bebé.

Ovidio se reía.

–Oyes todo menos agua.

–No sirvo para esto.

–Claro que sí, salvo que, para escuchar, antes tienes que aprender a des-escuchar. Ponte las olivas e intenta decirme lo que escuchas, no lo que crees escuchar.

–Ladridos.

–Ese es el significado que tu mente asocia al sonido. Te pregunto por el sonido.

–Encontrar filtraciones fantasmas no es lo mío –me excusé.

De vuelta de uno de sus viajes a capital –nunca contó que se atendía en el hospital por un cáncer– Ovidio me llevó a la biblioteca municipal Manuel Rojas, pidió el diccionario etimológico y me dejó en compañía de los tres tomos. Los falsos significados que yo les adjudicaba a los sonidos hablaban tanto de mis miedos y tan poco de los objetos, las personas, la naturaleza... A los dieciocho años, en la biblioteca Manuel Rojas sentí que el mundo en el que no encajaba y al que, irónicamente, estaba aferrado se craquelaba como el pavimento de la ruta que une a Parera con Vallesta. Me fui en silencio a estudiar Educación Física a capital. A los veintiséis años murió mi madre y volví a Parera. Ovidio me pasó a buscar.

–Hoy escuchas tú.

Tomé la bolsita de terciopelo azul con el estetoscopio. La dueña de casa oía agua en el cielo de su dormitorio. Se trataba de un lugar incómodo. Había que trasladar la escalera sin perder de vista el cuadrante revisado y así no repetir o saltarlo. Carezco de palabras para describir cómo empecé a des-escuchar. Al final del camino, vino el premio: la gota de agua.

–El segundo cuarto partiendo del muro de atrás, tercera viga, diez centímetros hacia la horizontal y cinco a la derecha –dije con una seguridad nueva.

Hay personas que pasan por esta vida como zombis y nunca se cruzan con alguien que les abra los ojos. Yo tuve a Ovidio.

Cuando terminé de escuchar la medianera de la habitación del hombre que la oía llorar, guardé el estetoscopio.

–Ya la descubrió... –sugirió.

Las veces que detuve la campanilla para escuchar me pareció que el hombre se quedaba sin aire, como si temiera que yo descubriera la filtración, y eso significara perderla.

–Necesito un dato más –le dije–. Antes de entrar me di cuenta de que la casa de al lado es mucho más nueva que esta, pero la medianera tuvieron que haberla construido al mismo tiempo para ambas.

El hombre plantó su mano en mi hombro. Ovidio tenía ese gesto cuando me veía muy confundido.

–No me queda más que aceptarlo –dijo el hombre

Tras meses de incredulidad, desánimo, desesperanza, había conseguido traer a un plomero, y yo le diagnosticaba lo que él ya intuía.

–¿Me cuenta? –le pregunté.

–Ya que tuvo la gentileza de venir hasta acá por nada le contaré que este terreno y el vecino pertenecieron a mi padre y a su hermano. Supongo que para ahorrar dinero aprovecharon la medianera como pared de ambos dormitorios principales. Esta casa ahora es de mi hermana y mía. Como el hermano de mi padre no tuvo hijos heredamos su casa también. Yo tenía deudas y le traspasé mi mitad a mi hermana. Hace un año ella le vendió la casa a una pareja de capital que la echó abajo para construir una nueva de fin de semana, y levantaron su propio muro. Mientras las dos casas compartieron una medianera nunca, en ochenta años, hubo una filtración.

Sonó un trueno, golpes desaforados impactaron las chapas, vimos una luz. El hombre me invitó a esperar a que amainara la tormenta en su casa. Le di un apretón de manos. Ovidio me enseñó que las únicas filtraciones que podemos reparar son las de la construcción.

El viento arrojaba baldazos de agua contra mí. No pasaba un auto, la calle se transformó en un río. Llegué empapado a guarecerme bajo la marquesina del centro cultural. Con ese clima ningún taxi iba a ir a Parera. A lo lejos oí el motor de un auto; se acercó un viejo Datsun, avanzaba en forma errática por el carril contrario, tal vez buscaba una mejor visibilidad. Si venía un auto en contra, no iba a alcanzar a frenar. Me paré al borde de la acera y le hice señas. Se detuvo a varios metros de la vereda. La ventana del acompañante se abrió algunos centímetros y apareció la artista que se colgó del tornillo. Me dio gusto verla viva. Parecía como si hubiese estado dando vueltas en el Datsun desde entonces. Me ofrecí a guiarla. El agua no permitía ver hacia delante. Le sugerí que volviera a su carril. Obedeció. Temí que en cualquier momento soltara el volante. No dobló donde le indiqué. Le pedí que diera la vuelta. Se pasó de la esquina. Intenté darle instrucciones más precisas, con calma. Me agradeció que no la criticara. Su aliento olía a licor. La convencí de que íbamos a dar con el camino a su casa. Mi mentira la calmó y gradualmente se abandonó a mi guía. Frente a sus pinturas me pareció tan frágil... Era delgada, no frágil.

La tormenta amainó, las luminarias volvieron a encenderse, en el interior de las casas mantuvieron todavía las velas encendidas. La confianza que le proporcionó salir con vida del temporal había borrado la dureza que tenía su rostro ante la ausencia de público y de críticos, la desolación del cierre a solas, la falta de reconocimiento de sus pares y la indiferencia del centro cultural. La vi retroceder diez, veinte años, me contó que en la Facultad de Arte trepaba a los árboles descalza para estudiar y nadie se atrevía a bajarla.

Me quedé a dormir en su casa. El exmarido seguía pagando la quinta a las afueras de Vallesta, en el camino a Parera, en la que vivieron mientras estuvieron casados. La tormenta había botado ramas, hojas. Las agrupamos en silencio. Abrí el portón y saqué todo a la calle. Los vecinos me observaron con curiosidad. Supuse que desde su separación no había dormido otro hombre en su cama. Esperé una palabra suya para quedarme; como no llegó, me dispuse a partir. Clara se atravesó en la puerta. Lo interpreté como una invitación. Me contó que un sábado por medio, después de que las hijas se iban con el padre, caminaba hasta la pescadería y compraba seis ostras y una botella de vino blanco que le duraba todo el mes. Fui a la pescadería de la esquina, compré dos docenas de ostras y dos botellas de vino blanco seco. Clara sacó al patio una mesita redonda del garaje. Al día siguiente pondría en venta el Datsun, sacaría los trastos, encalaría las paredes, el techo, el piso, y lo transformaría en su taller. Ese domingo puso la mesita bajo la flor de la pluma, extendió un mantel de hilo blanco con sus servilletas y, donde comía seis ostras, se empalagó con doce.

En la compañía que nos ofrecimos Clara y yo esa tarde de sábado sentí que me elevaba. Me acerqué a besarla y se echó hacia atrás. Confundido, le pregunté por qué anoche sí se había entregado. Dijo que mi deseo le resultó tan impetuoso que no supo oponerse.

Cinco días

Al año de la muerte de Ovidio me afilié al gremio de plomeros. Fue una sorpresa para todos. Soy una persona demasiado crítica para pertenecer a una institución. Clara cambió mi manera de pensar. Aunque ella también se siente una desadaptada entre sus colegas, su compromiso con el arte es absoluto. Estar cerca de ella me da la esperanza de que algún día mi espíritu crítico ceda y yo también pueda pertenecer.

Lísbert me hizo entrar. Coincidimos en el cementerio por el primer aniversario de la muerte de Ovidio. Le conté que los hijos de Ovidio me encargaron vender su maletín con las herramientas y no pude hacerlo. Aprendiste con el mejor; entra al gremio, me propuso.

Ovidio le tuvo que haber hablado de mí. Durante años fueron amantes. La historia que se cuenta es que Lísbert lo largó porque él nunca iba a dejar a su esposa. A los meses apareció casada en segundas nupcias con Ventura (hijo), el actual presidente del gremio. En el Platón están convencidos de que se casó con él para vengarse de Ovidio. No perdonan que Lísbert dirija la secretaría general. Lo siguiente que hizo fue más dudoso: instaló a los dos hijos de su primer matrimonio en la administración. Al enterarse, Ventura apernó a los dos hijos de su primer matrimonio por encima de los de ella, y les bloqueó para siempre la posibilidad de ascender. Ella no se lo perdonó.

Si Vallesta aparece en el mapa es debido al edificio del gremio. Se cuenta que la capital provincial, bendecida en una vuelta por la obra pública, contrató al monumentalista S para que diseñara un estadio sin saber que el arquitecto, allí donde iba, construía un matadero y una organización sindical. Nunca un estadio. Una vez concluido el matadero, S insistió con la sede sindical. La solución fue mandarlo a Vallesta. En Vallesta no había sindicatos. Pero los plomeros tenían a Ventura (padre), que, con visión de futuro, creó la Asociación Gremial de Plomeros.

El padre de Ovidio también fue plomero, aunque murió joven. Ventura era su mejor amigo y se encargó de transmitirle a Ovidio el oficio. Conocían todos los trucos, atajos, soluciones que no encuentras escritos en ninguna parte. Ventura padre tenía dos hijos varones reconocidos con su primera esposa que despreciaban la plomería. Ovidio me tenía a mí, que no soy hijo suyo. Y en ese tiempo la plomería no era lo mío.

El día en que el hijo del arquitecto S dio por inaugurada la obra de su padre, el nuevo gremio recibió las llaves. Ovidio me llevó. Entramos por dos hojas monumentales construidas en hierro y bronce. Las paredes anchas, de concreto y acero, las columnas magníficas, la escalera de mármol grandiosa, los pasillos anchos, largos y, como remate, un torreón.

Ovidio contaba que de un día para otro aparecieron mil plomeros. Como no era cosa de tomarles una prueba teórico-práctica, los inscribían. Ocuparon del primer al cuarto piso del edificio con oficinas para atender su bienestar. Salvo alguna que otra letra perdida en los letreros de acrílico en las puertas, las oficinas continúan hasta hoy anunciando la función que prometieron cumplir en los años cincuenta. Las he visto con mis propios ojos, a pesar de que el paso hacia los pisos superiores está clausurado. Ni los plomeros que tienen una mesa reservada para ellos en el

Platón saben cuánto tiempo lleva el cartel de EN REPARACIÓN clausurando la escalera de mármol. Yo encontré una forma de colarme sin que lo advirtieran. En mis recorridos por los pasillos me dedico a buscar la lógica que une a la oficina de Educación Continua con el club de ajedrez y de dominó, con las consultas médicas, Barbería, Orientación Familiar, Consuelo por Enfermedad, Filosofía Laboral, Natación, Coro, Equilibrio Integral, Ubicación del Ser en el Universo, Apoyo a la Crianza de los Hijos, Acción Social, Beneficencia y Compromiso Social, Arquería, Grupo de Teatro, Enfermería, Historia del Movimiento Obrero, Literatura Latinoamericana, Espiritualidad, Trabajos Manuales, Relaciones con los Clientes, Vida Mejor y Vida Nueva... Cincuenta y un servicios. Hoy parece desmesurado. A menos que la esencia de un gremio, su aspiración, sea el bienestar absoluto de sus afiliados, algo parecido al paraíso.

¿Y cómo lo solventan?

Los plomeros que se juntan en el Platón creen que ambos Ventura (el padre y el hijo que actualmente ocupa su lugar) tienen manejos irregulares o non sanctos. Ovidio siempre criticó el método caótico de Ventura, su prepotencia, las víctimas que iban dejando sus amoríos secretos, los hijos no reconocidos, a los que se negaba a mandar dinero. Hasta su ignorancia le criticaba. Nunca lo oí decir que era un estafador. Su reticencia a hablar en contra de él le granjeó la antipatía de los demás plomeros, que se las ingeniaron para transferirle las filtraciones fantasmas que llegaban a la centralita. A Ovidio no le importaba volver diez veces a una casa con tal de descubrir el lugar por donde pasaba el agua. Si no lo encontraba le tocaba decirles a los dueños de casa que iban a tener que buscar en las cañerías, los acoples, electrodomésticos... Les aconsejaba revisar llaves, cavar. El cliente imaginaba la destrucción, el dinero que iba a costarle, los días que iba a pasar sin agua o luz, esperando al plomero, errores, inundaciones. Ovidio aguardaba a que alcanzaran la meseta de su desesperación y dejaba caer una alternativa distinta. Lo vi con mis ojos convencer a una pareja joven de que les salía más barato hacer un tratamiento para dejar de oír la filtración que entrar a picar las paredes.

Algunos clientes, justificándose en la ausencia de resultados concretos, se negaban a pagarle o le daban el dinero de la primera visita con el gesto de quien fue víctima de una estafa. Ovidio anotaba sus nombres y la dirección en su cuaderno negro. En el Platón lo gastaban con que si continuaba trabajando gratis iba a quebrar el gremio. La venganza de Ovidio era su placer: nadie se levantaba de la mesa hasta que terminaba de contar cómo había encontrado el grano de arena sin disolver por el que pasaba la gota de agua que se filtraba.

Actualmente somos veinte socios, contando jubilados y fallecidos. Los seis o siete que continúan frecuentando la mesa reservada para los plomeros en el Platón siguen convencidos de que hay corrupción en el gremio. Es de lo único que hablan, nunca directamente, al menos cuando estoy delante: se valen de sobreentendidos, medias palabras, omisiones, silencios elocuentes. No mencionan una sola prueba.

–En este país la temporada de caza empezó temprano –tiró Roca al verme aparecer la primera vez en la mesa reservada del Platón.

Roca es el apodo del instalador de sanitarios.

–Poca cosa agarraron –le siguió la corriente el que instala calefacciones.

Le dicen Abrigao.

–No hablen así, si no fuera por el subsidio del Estado, no nos quedaría nada –se lamentó el Huérfano.

–Es un decreto que viene de los años cincuenta –me explicó Hacerruido.

Lo apodan así porque los clientes lo llaman para quejarse de que el aire acondicionado hace ruido, «como si las mierdas chinas que ensamblan en Tierra del Fuego las fabricara yo. Si quieren fabricación nacional, que se jodan».

–No han podido quitarnos el subsidio porque entre tanta burocracia no lo encuentran –se burló Roca.

–Y los Ventura como siempre sacando tajada –agregó Finoli, que lleva un pañuelo de seda celeste y café al cuello.

Todos miraron por la ventana a ver si afuera estaba lloviendo. Me hice el distraído. Eso los habilitó para que siguieran con el cuento de la corrupción cada día, varias veces al día. Mi teoría es que la vulgarización del trabajo plomeril le quitó al oficio la épica. Inventos transmitidos por generaciones, como el alambrito, la rosca, perdieron su eficacia ante la aparición de productos que, en vez de reparar o reacondicionar, se limitan a cubrir el desperfecto. Al cabo de poner cinco parches en un día un plomero no tiene una sola historia que contar. En vez de compartir la experiencia común del tedio, prefieren repetir los relatos de la corrupción que ocurren en otras provincias donde no viven, en Corea o en Kuwait.

Un día no soporté más las indirectas.

–¿Y cómo lo hacen? –les pregunté en general. En general me quedaron mirando.

–¿Y cómo lo hacen? –me imitó Abrigao.

–¿Cómo lo harán en este país? –preguntó Roca fingiendo inocencia.

–¿Será por eso por lo que a Ventura se lo ve tan seguido en el cementerio y no se le ha muerto ni un conocido? –tiró Hacerruido.

–En cambio los socios que hace entrar Lísbert están vivitos y coleando.

–Bueno, ella les asegura la vida eterna –se burló Abrigao.

Todos miraron por la ventana a ver si afuera estaba lloviendo. Si me ofendía nunca me iban a respetar. Igual cosa si defendía a Lísbert. La salida que se me ocurrió fue la peor que pude haber elegido.

–Yo puedo conseguir pruebas.

Si creí que proporcionarles pruebas de la corrupción de la que tanto se ufanaban saber me iba a convertir en un héroe, el silencio general me dejó ver cuán equivocado estaba.

–La cuenta –gritó Del Caño–. Yo pago un café.

–Y yo otro –gritó Abrigao.

–Uno más –gritó Hacerruido.

Habían pedido al menos una docena de cafés, medialunas, tostados, gaseosas, para acompañar los chismes sobre la corrupción del gremio, de la municipalidad, de la intendencia, de la nación, del mundo occidental y oriental... Y cuando les prometía conseguir pruebas, ¿qué hacían? Me empomaban con la cuenta.

Desde que prometí conseguir pruebas de la corrupción redoblé mis paseos por la zona en reparaciones del edificio. Alguna vez me pareció oír toses, palabras, una tecla, papeles, el arrastre de una silla. Lo más cerca que estuve de pillar a alguien fue cuando oí voces distendidas charlando junto a la escalera de servicio... Cuando llegué jadeando, no había nadie. Sí encontré una colilla de cigarro en el cenicero con patas cromadas. ¿Estaba desde antes y no la vi?

No se entendía que el gremio se perdiera el dinero que le hubiese proporcionado alquilar las numerosas oficinas vacías. Dinero no sobraba. Tenía que haber un motivo para mantenerlas cerradas y a los socios alejados de allí. Lo encontré en los documentos que solicité en la administración. Para mi sorpresa, en la planilla de gastos operacionales del año pasado las oficinas de la zona en reparación aparecían vivas y gastando. La operación era de una simpleza infantil. ¡Abultaban los gastos con oficinas que existían solo de nombre! De todos los desfalcos que los plomeros inventaban en el Platón a diario, este sí era demostrable. Faltaba reconstruir la ruta del dinero, encontrar responsables, cómplices... Nunca se estuvo tan cerca de determinar a los corruptos y restablecer la transparencia. Ovidio estaría orgulloso de mí si viviera. En cambio a Clara no le atrae lo que le cuento del gremio, cree que pierdo mi tiempo en la plomería. Con mi sensibilidad debiera encargarme de vender sus obras. Nos volveríamos ricos juntos, intenta convencerme.

Anoche maldormí en el cuarto de sus hijas. Un sábado por medio el exmarido las pasa a buscar y las devuelve el domingo a las siete de la tarde. Los primeros meses a las diez de la mañana volaba a su casa con una muda de ropa, botellas de vino, jamón crudo, quesos... En el camino pasaba a comprar dos docenas de ostras.

La primera restricción tuvo que ver con que le resultaba imposible dormir con alguien en su cama. Me pidió que durmiera en la habitación de sus hijas. La siguiente restricción eliminó mi presencia en su casa la mañana del sábado. Necesitaba quedarse sola para apropiarse de la casa, que durante la semana pertenecía a la empleada y a las hijas. Comprendí. Luego necesitó la tarde del sábado para estar al fin sola en su taller. Comprendí. Por la noche, cuando no permanecía en el taller, se impuso ir a inauguraciones de muestras para que las críticas y los artistas la vieran circular.

–Me quedan los domingos –dije comprensivo.

–Ningún día está asegurado –se burló.

Con las siguientes restricciones dejamos de ir al cine (le molestaba el volumen) y a restoranes (la ponía malcomer delante de extraños). Mejor y más barato era cenar en la semana en su casa con las hijas que me querían tanto. Después de acostar a las niñas, Clara se sentía demasiado cansada para beber una copa de vino conmigo, teniendo en cuenta que se levantaba a las seis y media de la mañana para mandarlas a la escuela. Comprendí. Recibía de su parte un beso de buenas noches y a mi casa.

Clara, la flor de la pluma, las baldosas disparejas de la entrada, las ventanas de tres hojas con las celosías caídas, su cuerpo desgarbado contra el marco de la puerta de cedro por la que el exmarido se fue con una más joven. Clara, su ropa apilada por colores en el armario, el perejil, las paredes encaladas, su obsesión por cambiar la puerta de cedro. Como no tenía dinero, lijó, lijaron las hijas, un sobrino, hasta que el óleo cedió y apareció el cedro.

Clara, su pelo largo y desordenado, sus ojos grises, el derecho con un punto amarillo, el olor del algodón gastado de las ropas de dormir que entregaban lo que les quedaba de vida útil por ella cada noche. Dime que ya no me amas, dímelo y se acaba, la enfrenté. De su parte solo hubo sorpresa. ¿No ves la inseguridad que me provocan tus restricciones?, le enrostré. A Clara le enoja que las llame restricciones. Piensa que soy injusto. No entiende mis dudas. Qué importa una tarde de sábado o una película si entre nosotros hay tanta intimidad, tu pielcita linda, tus rizos, los agujeros en tus mejillas, tus piernas largas y flacas, dijo. Mira todas las maneras en las que te demuestro mi aprecio, agregó. «Excepto, claro, las que tú deseas caprichosamente.» Intenté hacerle comprender la inseguridad que me provoca estar a merced de sus restricciones. Me acusó de pensar como un conservador. Lamento no ser un artista progre, me defendí. No es necesario, argumentó con desdén. Odiaba a los artistas, peor si eran progres.

Cuando Lísbert me encontró ese jueves en la escalera del tercer piso de la sede del gremio, yo venía de maldormir en la cama de una de las hijas de Clara.

–La verdad es que ya no sé qué pensar –le dije con el cartel de EN REPARACIÓN a mi espalda.

Lísbert había venido buscando refugio a sus preocupaciones y se topó conmigo devastado en un escalón.

–Lo único que te puedo decir es que cualquier reacción que tengas no va a detener lo que las restricciones pusieron en marcha.

El enterito que llevaba puesto simulaba la piel de un tigre. Otras veces eran las rayas de una pantera, de una cebra, una cobra, un conejito rosa. Usaba cinturones apretados, y el cierre abierto a la altura de las tetas. Debía de andar por los cincuenta y seguía mostrándose carnosamente real, no sé si más carnosa o más real. ¿Intuirá que algunas noches está en la cama de un motel con Ovidio y que Ovidio soy yo en mi cama?

–¿Recuerdas lo que te dije cuando te entregué el carné de socio? –me preguntó.

No podía ser casualidad que sacara a colación nuestro pacto el mismo día que había obtenido las pruebas de los manejos turbios del gremio. Alguien me estaba espiando, o de la administración le fueron con el cuento de los documentos que pedí.

–Claro que recuerdo lo que me hiciste prometer –dije, cauto.

Lísbert vio que tenía algo adherido al taco de su bota.

–Fueron dos cosas –agregué burlón.

Era un chicle rosa.

–Que son... –indicó como una profesora de primaria.

–Reprimir mi espíritu crítico y, pase lo que pase, saber de qué lado estoy –contesté como un buen estudiante.

Lísbert intentó remover el chicle con un pañuelito desechable. Parecía haberse fundido con la tapilla.

–Quiero que tengas en cuenta... Comenzó a decir–. Aunque quiera... –tironeó del pañuelito adherido al chicle y a la tapilla–, si llega el momento no voy a poder defenderte.

¿Quiénes se atrevían a interponerse en el camino de la tigresa de Vallesta? Solo alguien que estaba por encima de ella. Ese no era Ventura. ¿Y de qué me iban a acusar?

–No sale –se quejó.

Las coyunturas deformadas por la artritis de sus dedos le impedían agarrar la punta del chicle. Me avergoncé de haber actuado a sus espaldas. Tendría que haberle contado mis dudas sobre la integridad del gremio a ella primero. Necesitaba desviar su atención o iba a sacarme verdad por mentira. Le pedí el pie. Lísbert posó la suela de la bota sobre mis rodillas. El calor de su piel me aceleró el corazón. Intenté con la punta de una llave. Ella tenía la mano en mi brazo, sus uñas rojas. No pude más, por primera vez le revelé a alguien el infierno que estaba viviendo debido a las continuas, sucesivas llamadas anónimas.

–¿No has pensado que llaman a un número equivocado y, como la gente es maleducada, en vez de pedir disculpas, cortan? –me preguntó.

–Las primeras veces pensé que era un número equivocado, una coincidencia. Pero no existe equivocación. La persona me llama a mí.

–¿No tienes un clavo o algo? –me dijo al ver que la llave no removía el chicle.

Saqué la lapicera que solía llevar en la chaqueta.

–¿Cómo sabes que es Clara? –me preguntó.

–Ojalá lo supiera. La duda me atormenta, no te haces una idea de cómo.

–¿Y el número desde el que te llaman?

Bajé un escalón para quedar más cómodo.

–Llama solo al teléfono fijo –le dije.

–No me digas que tienes un fijo.

–Era de mis viejos.

–¿Por qué no llamas a la compañía de teléfono para que identifiquen el número?

Tan difícil como desprender el chicle era explicar que seguía contestando el llamado, que no daba de baja el número, que no hacía la denuncia, que no buscaba a un amigo de un amigo que pudiera conseguir el nombre del o la propietaria de la línea para amenazarlo o amenazarla por teléfono con tomar acciones legales en su contra.

–Estas últimas semanas está empecinada, diría que tiene miedo.

En dos días, el domingo, se celebraba la fiesta del pastelito criollo en Parera. Imaginé que Clara estaba de los nervios ante la posibilidad de que yo no cumpliera con mi palabra y, en vez de preguntarme como haría cualquier persona si había conseguido la camioneta para llevar sus obras a la fiesta, marcaba mi número y callaba.

–Podría entender que me llamase si hubiese impuesto yo las restricciones; sería una forma subterránea de resistir, pero es ella la que me prohíbe prácticamente todo.

En el intertanto una persona anónima marcaba mi número del teléfono fijo un lunes, un jueves, una vez, dos, cinco veces. Un viernes, solo de noche, a la mañana temprano, de madrugada, llama y corta. Contesto, no contesto, contesto y corto.

–Viva –gritó Lísbert.

Levanté el chicle en mi mano y ella bajó la pierna.

–Me duele el cuerpo –le dije–. Tomo ibuprofeno. La espalda, el cuello, los codos, la cabeza, las piernas, tomo ibuprofeno. No le encuentro sentido.

–Dámelo, no vaya a pegarse de nuevo –me pidió el chicle.

Lo envolvió en el pañuelito.

–¿Nunca le preguntaste a Clara si es ella?

–Le conté y no se pronunció. Quedé con más dudas.

Cuántas veces fantaseé con que la llamaba después de que ella me llamaba y no hablaba. Clara contestaba, yo le preguntaba por qué había llamado, no sabía, le pedía que no lo volviera a hacer; para convencerla le contaba que había partido con cuatrocientos milígramos de ibuprofeno y ya iba en ochocientos. Llamaba y yo gritaba aló aló como si no supiera quién era. Al otro lado respiraban. Llamaba y le decía sé que eres tú. Clara se quedaba en la línea, desafiante. Llamaba. Adivinaba cuando iba a colgarle y cortaba antes. Llamaba. Me duele el cuerpo, tomo ibuprofeno. Llamaba.

La espalda, el cuello, los codos, la cabeza, las piernas, tomo ibuprofeno. Me negaba a contestar tres días, una semana. El ejercicio de mi voluntad ponía frenéticas a las llamadas. Antes de que enloqueciera de angustia, contestaba. Nos quedábamos exhaustos, mi respiración junto a su respiración.

–¿No hay otra persona que tenga motivos para llamarte? –preguntó Lísbert.

–Tuve una novia y una amiga que se sintieron heridas. Es difícil que me llamen después de tantos años.

–Las llamadas...

Lísbert dudó.

–¿Las esperas? ¿Esperas que te llame? –preguntó.

Seguía con el pañuelito entre los dedos. No había basurero cerca.

–De verdad, no puedo contestar a eso –le dije.

Sentados en un escalón de mármol, parecía que ambos necesitábamos una reparación.

–Lo sé, sé que tengo que parar. Ahora mismo.

Envalentonado, tomé el celular para llamar a Clara y desenmascararla. Lísbert me lo quitó. El pañuelito rodó por los escalones.

–Puede ser peor –me advirtió.

Nos quedamos mirando el pañuelito detenerse en el borde interno de la escalera.

–La persona que te llama va a interpretar que estás dispuesto a entrar en su juego y no va a parar más –me dijo.

Eso ya ocurría. Ninguno conseguía parar. Lísbert y yo parecíamos dos chicos practicando telekinesis para empujar el pañuelito hasta el agujero de la escalera y hacia abajo. Si la memoria no me fallaba, con un poco de suerte, aterrizaría a la entrada de la oficina de Ventura.

–Necesito contarle a alguien la verdad –le dije.

Por la cara que puso, debió de creer que iba a contarle todo.

–Me he puesto a llorar al teléfono.

Sentí que el nudo aflojaba.

–Ella se ha quedado conmigo en silencio hasta que me he recuperado.

–Entiendo.

–Estoy perdido.

–Cuando estés seguro de que tu relación con Clara terminó, no vas a oír las llamadas. A mí todas las semanas me llaman de números desconocidos y cortan.

Lísbert se paró, sus rodillas se quejaron. Lo que me pidió al encontrarme en la escalera de la zona en reparación –que le repitiera el compromiso que asumí al entrar en el gremio– parecía increíblemente lejano. Producto de la telekinesis, el chicle al menos se había liberado del pañuelito. Pensé que Lísbert iba a cogerlo para que no se pegara en otro taco. Lo que recogió fue el pañuelito.

–No te olvides de que este domingo en la fiesta del pastelito te corresponde, como el miembro más joven, llevar el estandarte –me dijo, y siguió de largo.

Asumí que era un gesto de confianza de su parte recordármelo.

En Parera siempre se celebró la fiesta del chancho con pelo. Hasta que socialmente dejó de estar bien visto exhibir un animal entero y, al buscar un reemplazo, se encontraron con que la única tradición desocupada era la del pastelito criollo. Para justificar el cambio inventaron la historia de que cuando el ferrocarril dejó de pasar y decayó toda la actividad del pueblo, la señora Petrona se puso a preparar pastelitos; como le salían tan ricos los vecinos fueron a ver al intendente y le propusieron convertirlos en una tradición del pueblo.

Clara insistió durante meses ante el comité organizador de la fiesta hasta que le cedieron un puesto para vender sus obras como hacían los artesanos, los vendedores de plantas, las pasteleras veganas. ¿Por qué no una artista? Clara omitió decirme que como artista pidió no pagar. Llamó, fue, entregó cartas, esperó a los organizadores a la salida de la oficina. Ganó por cansancio. No gané nada, me dijo. Le dolía que el puesto estuviese en el sector de los artesanos. Intenté explicarle la improbabilidad de que los y las asistentes a la fiesta del pastelito criollo se interesaran por comprar obras de arte (omití decir «tus obras»), pero Clara no iba a ceder lo que, según ella, representaba un espacio ganado en la batalla del arte.

No conozco a otras artistas. No sé si sufren como Clara. No la reconocen sus pares, no la invitan a inauguraciones, los críticos no escriben de su obra, no la llaman a exponer... El director de la carrera le asigna los cursos menos importantes, la dejan fuera de las comidas, no gana becas. ¡La única vez que apareció en una entrevista en un suplemento cultural a la periodista se le olvidó poner su nombre! Clara se peleó y la otra echó a correr la voz de que era una loca. No sé cómo funciona, por qué Clara no y otras sí. Una de las cosas que aprendí a su lado es que el trabajo de un artista no es su obra. La manera en la que viven produce la obra. Ocurrió así: un día en su taller apareció una regla transparente con las letras del abecedario caladas. Clara se puso a dibujar letra por letra sobre una hoja de papel mantequilla, y me contó que su madre de soltera tocaba el piano y cantaba. Después del matrimonio, el padre de Clara contrató un camión para trasladar el piano a la casa de campo adonde llevó a vivir a su esposa, de este lado de la Cordillera. La madre de Clara decidió que no volvería a tocar. Tampoco se lo permitió a la hija. Recordar el piano abierto, a su madre inclinada sobre las teclas con una franela, la hizo llorar. Lloraba y se sorbía los mocos. Le temblaban tanto las coyunturas que tuve miedo de que la fuerza de mis brazos desencajara sus articulaciones y yo no pudiera volver a reunirlas. Clara le dio a su llanto una interpretación inaudita: a la edad de ocho años convocó a su padre y a su madre y les dijo que debían separarse. Cuando finalmente se divorciaron se convenció de que era culpa suya. Fue su culpa que el padre entrara a los sesenta y cinco años a un hogar de ancianos, su culpa que la madre se fuera a vivir sola a la Patagonia, su culpa que su hermano mayor enfermara y ella quedara a la deriva. Confieso que una parte de mí quiso salir corriendo. La otra quedó maravillada. No había una gota de lógica en su razonamiento. Clara había cambiado de cuerpo, de vida, tenía dos hijas, había estudiado arte, había despedido a su padre, y aquel resto de la infancia seguía vivo. Podía oler los árboles a los que trepaba, las hojas húmedas, las plantas de sus pies descalzas, las ramas, los rasguños.

El asunto no terminó ahí. La próxima vez que entré a su taller, a la altura de los ojos, corría tenso un cable de acero del que colgaban dos hojas de papel mantequilla; en cada una se mecía una palabra dibujada con la regla de la infancia. Me conmoví, lloré, la abracé: no existía alguien más sensible en el mundo. Impresionada por mi admiración, insistió en que dejara mi trabajo de plomero para convertirme en su agente. Vamos a ganar millones, predijo.

A las nueve de la mañana del domingo el vigilante del edificio del gremio de plomeros escucha en la caseta el programa de tangos de Alodia Corral con una estufa eléctrica a los pies. Me agacho para que no me vea entrar. «Volver» en la versión de Carlos Gardel encubre mis pasos. Aunque es casi imposible toparse con alguien un domingo, avanzo con cautela por los laberínticos pasillos del primer piso hasta el área donde se agrupan las pocas oficinas que hacen funcionar el gremio.

Es por Clara y su obra por lo que entro este domingo furtivamente a la oficina del hijo mayor de Ventura y abro el mueble en el que guarda las llaves de las camionetas disponibles para visitar a los clientes. En los cajones no están. Existen demasiados huecos en esta organización. El reglamento prohíbe usar los vehículos para asuntos personales, especialmente el fin de semana. No tiene lógica que hayan partido las cinco camionetas a cinco urgencias un domingo a las nueve de la mañana. Quizá desaparecen todos los fines de semana. La caja de seguridad está abierta, el hijo de Ventura la usa para guardar las cajas de las pizzas que come a escondidas. Dudo que lleve un registro de las salidas y llegadas de los vehículos, el mantenimiento, los clientes. En el sillón ejecutivo donde instala su gran trasero, entre el asiento y el respaldo, veo un objeto negro. Se tuvo que haber resbalado del bolsillo de su pantalón. A primera vista parece una de esas lapiceras institucionales. La tomo, es el control automático de un coche. No recuerdo qué modelo tiene el mayor de Ventura, dudo que uno con un control apolíneo como este. Los dos hermanos siempre están comprando o vendiendo autos. Son de Lísbert o de Ventura. Nadie entiende de quién es qué. Me parece extraño que no haya vuelto a la oficina a buscarlo. Debe de creer que lo dejó en otra parte o fue a buscar la copia que guarda en casa y algo lo retuvo. En la cara superior del control hay tres dibujitos: un candado abierto, un candado cerrado, una línea que parece un parabrisas y que sirve para abrir la capota, un escudo amarillo, rojo y azul con un caballo y la marca. ¡El control tiene la forma de un Porsche en miniatura! Mi pensamiento conservador me ordena que lo deje en el asiento y le avise a Clara que no conseguí la camioneta que me pidió para llevar sus obras a la fiesta del pastelito. Los dos vehículos del pueblo que hacen fletes deben de estar contratados desde hace semanas. Será un desastre si no llego a buscarla en la camioneta.

El estacionamiento queda en el subterráneo. Nunca antes bajé. Prefiero pagar un taxi y no estar en boca de todos porque entre cliente y cliente uso la camioneta para hacer un trámite personal. A medida que bajo la escalera se acentúa el frío a tal punto que me hace temblar. Sigo por un pasillo ancho y penumbroso. Ojos que no ven, corazón que no siente es lo más cercano al estado en el que se encuentran las bases del monumental edificio del gremio de plomeros. Pústulas, fracturas, chancros, lesiones, fierros oxidados, retorcidos, partes del piso quebradas por las que emerge la roca viva sobre la que cimentaron los cuatro pisos y la torre. Por todas partes oigo agua correr y hasta llorar.

Este es mi tercer encuentro con el llanto durante esta semana. El jueves lloré con Lísbert en la zona en reparaciones del tercer piso del gremio.

El viernes le tocó llorar al Huérfano en el Platón. Llegué al café poco antes del mediodía. En el maletín de Ovidio llevaba las pruebas de la corrupción y un breve resumen de los acontecimientos. Mantenía el maletín abrazado sobre mi regazo. A través de la mesa despuntaba su manija de cuero resquebrajado por el uso que le dio Ovidio. Cada plomero tenía su propio modelo de maletín. Lo heredaban, la esposa y los hijos se lo regalaban para un cumpleaños, o bien compraban el típico alargado negro de plástico que venden las ferreterías de norte a sur, de este a oeste. Los primeros en llegar fueron Roca y Finoli. Al ver que tenía el maletín en brazos, pensaron que era cierto el rumor de que había un ladronzuelo ajeno al barrio, y me imitaron. Allí nos quedamos, tres plomeros y tres maletines. Roca fue el primero en abrir su modelito a lo James Bond. Sacó un frasquito negro de los que se usaban para guardar los rollos de fotos. Lo destapó, metió un dedo y lo sacó lleno de crema. Antes de embadurnarse las manos lo puso a nuestra disposición. Hacerruido venía llegando y aceptó. Ninguno de los tres parecía sorprendido por los frasquitos que Roca fue sacando del maletín: crema de manos, crema para el rostro, árnica, aceite esencial de caléndula. Había probado con distintos recipientes hasta que descubrió esos con la medida ideal. Él mismo los rellenaba en su casa. Sin los frasquitos en su maletín, Roca no ponía un pie en el baño o la cocina de un cliente. La única manera de sobrellevar esa inesperada y obligatoria intimidad que podía extenderse durante días o semanas era a través de la esperanza de que a la salida protegería su piel con las cremas, el árnica, la caléndula. Según contó, el equilibrio interno del cuerpo se modifica si su parte líquida entra en relación más o menos sostenida con un ambiente exterior igual de líquido.

–El funcionamiento de la naturaleza no deja de sorprender –admitió.

No supe qué decirle. Apenas contenía mi ansiedad por colocar las pruebas sobre la mesa y terminar con la corrupción.

–¿Y qué dicen de mí? –preguntó Del Caño.

Su maletín era de cuero, con fuelle, parecía de alguien importante, un político o un economista que lleva adentro el destino de un país. Del Caño puso sobre la mesa un jabón blanco, guantes, un estuche pequeño y cerrado con un broche que, al desplegarse, mostraba una cuerda con ganchos para tender ropa.

–Yo nunca llevo a mi casa la ropa que usé para destapar una cañería. No es posible.

Los demás asintieron como si lo supieran.

–Las clientas me llaman para saber por qué no fui, qué día voy a ir... Te dan ganas de decirle: «Señora, me estoy haciendo el ánimo de ir».

Del Caño metió la mano en el maletín para sacar la herramienta de la que estaba más orgulloso: un minisecador de pelo con el que secaba la ropa de trabajo después de lavarla en los baños que iba a reparar.

Finoli sacó de su maletín caramelos, muchísimos caramelos de todos los colores y tamaños.

–Cuando ves esas casas tan lindas por dentro o por debajo, te baja la presión.

Entre los caramelos había chicles rosados. ¿Sería Finoli quien me espiaba en la zona en reparaciones? No alcancé a pensar en la posibilidad. El Abrigao sacó de su maletín unas anteojeras especiales para colocar sus anteojos.

–Restringir mi visión es lo único que me permite estar en una casa con personas desconocidas.

El Huérfano cogió las anteojeras para estudiarlas y tal vez copiar el modelito.

–Soy la persona que más sabe de ellos –me explicó el Abrigao–. No porque los vea, de hecho no estoy ahí, pero al día siguiente notas qué cosas movieron o desaparecieron, nuevos olores, sonidos, y te haces la película de lo que pasó en esa familia mientras creían que nadie de afuera los veía.

Los tres omitían de sus relatos sus encuentros directos con la mierda, la orina, los desechos, los malos olores, la humedad, los gases. Al llegar a ese punto, las narraciones pegaban un salto y lo siguiente era la necesidad de untarse crema, lavar la ropa, restringir la visión, comer caramelos compulsivamente. Al lado de ellos me sentí una persona simple, ignorante de sí misma. ¡Insensible! Los clientes llamaban, yo contestaba en veinticuatro horas, fijaba una visita, me presentaba en horario, escuchaba los sonidos a través de los muros con el estetoscopio y, si encontraba la filtración, derivaba el desperfecto a uno de ellos.

–¿Y en tu maletín? –me preguntó el Huérfano.

Todos en la mesa miraron la manija que asomaba. Sentí que las baldosas en damero del piso cedían. Meses preparándome para ese momento, buscando, preguntando, atando cabos. ¿Qué más podía hacer?

–Acá llevo las pruebas de la corrupción del gremio –les dije.

Si posas el estetoscopio en una pared mientras en un cuarto hay una llave de agua abierta, te parece que por dentro el mundo se desmorona. Es lo que sentí al ver sus expresiones. Mi mano abrió lentamente el cierre, lentamente sacó los papeles. Mi otra mano dejó el maletín en el suelo. Con ambas manos desplegué el plano del edificio, el organigrama de 1952 y el actual, un Excel con los gastos del año pasado. Ignoro qué hacían con el aire que inhalaban, en la mesa no corría una brizna; me pregunté de dónde había sacado yo que lo único que les importaba, y de lo único que hablaban, era de la corrupción en el gremio.

–Esta es la oficina de Siniestros.

Puse un dedo sobre una oficina del tercer piso que aparecía en el plano. Eran todos miopes y no usaban anteojos.

–Trabajan tres personas contratadas.

Leí sus nombres.

–¿Los conocen?

Los cinco pusieron cara de póker. Leí los gastos que tuvo la oficina de Siniestros durante el año anterior. Juntaron las manos delante de sus cafés dispuestos a esperar a que yo terminara de enterrar al gremio. Era evidente que ya conocían lo que les leía. Una pregunta martilleó mi cerebro: entonces ¿qué esperaban para actuar?

–¿De dónde salieron estos papeles? –me preguntó Del Caño.

Les conté de mis visitas a la zona en reparación, del abandono en el que se encontraban las oficinas, la extensa espera en las escaleras por si aparecía alguien.

–Esa zona tiene peligro de derrumbe, no es aconsejable que subas.

Era inverosímil que a Del Caño le preocupara mi seguridad.

–Respecto a los documentos, el gremio tiene la obligación de entregar una copia a quien los pida –les dije.

Y procedí a leer los gastos de la siguiente oficina. A cada una le correspondía un número en el plano. En comparación con el primer piso, la zona superior parecía un trasatlántico ciego.

–En el piso tres, a la entrada del pasillo, está Ayuda al Doliente.

–¿Al Doliente? –preguntó el Huérfano.

Al menos uno reaccionaba.

–Esta oficina tiene la obligación de ayudar económica, física y sicológicamente a los socios que hayan sufrido la pérdida de un ser querido.

Se oyó un suspiro, el suspiro dio paso a un hipo, el hipo se hizo doloroso.

–Los dolientes dispondrán de un sicólogo que los ayude a sobrellevar el duelo y de un fondo para financiar el entierro y la ceremonia.

–E-co-nó-mi-cay-si-co-ló-gi-ca-men-te –repitió el Huérfano–. Y yo tuve que enterrar a mi mamita en un cajón de pino. Alquilado.

Recordé que cuando su madre murió, después de una larga y costosa enfermedad que consumió los ahorros de los tres hijos, en el Platón hicimos una colecta para que el Huérfano pudiera darle un modesto funeral.

–Del hospital me fui directo a la administración del gremio y me dijeron que podía pedir un préstamo. Llevé todos los papeles que me pidieron, escogí un cajón sólido, pagué un lugar hermoso cerca de un árbol, presupuesté con la señora del casino un catering criollo. ¿Y qué pasó? Mi mamita lleva un mes enterrada en un ataúd alquilado y ayer respondieron que mi salario no califica para el préstamo.

Me callé que el presupuesto de la oficina de Ayuda al Doliente durante el año anterior fue de los más altos. Alcanzaba para varios cajones, y de roble.

–Yo que llegué a gritarle a mi mamita que se limpiara la boca antes de hablar mal del gremio –nos dijo el Huérfano con lágrimas en los ojos.

Los plomeros bajaron la cabeza como niños castigados. Finoli le acercó el pañuelo de seda que usaba para sus clases de baile criollo.

–No soy desagradecido, si no hubiese tenido

la ayuda de ustedes... Pero el gremio, nuestro gremio, es lo único que nos queda, con lo único que contamos –protestó el Huérfano, incrédulo.

Los cinco maletines parecían pequeños, frágiles, en nuestras manos inertes. Del Caño fue el primero en rehacerse, pidió al mozo que retirara las tazas vacías y trajera caña para todos. Me vi obligado a sacar los papeles para que no se mancharan de alcohol. No comprendía lo que estaba ocurriendo. ¿No íbamos a discutir un plan de acción para investigar quién se metía los subsidios al bolsillo? Por el contrario, Del Caño propuso un brindis por el gremio de plomeros, por las cincuenta y una prestaciones a los socios, el edificio monumental, el triunfo del equipo de fútbol en la copa provincial de 1982, las conquistas sociales, las cabañas de vacaciones en Mar del Plata y Tucumán... Abrigao cantó el tango «Querido negro Lezcano»: «Hombre sincero honesto y fiel dirigente / Que por ser gran compañero es la guía de su gente». Ninguno aclaraba que las glorias eran de utilería y el gran compañero, honesto y fiel dirigente, los estaba defraudando. Preferían hacerse los boludos. Abrí el maletín de Ovidio para guardar las pruebas y largarme.

–Nos las dejas –indicó Del Caño en nombre de todos.

No era una pregunta. Cualquiera podía pedir esos documentos en la administración. A menos que no quisieran aparecer públicamente con sus dudas. Me levanté mareado, no por el alcohol: me sentía como si me hubiesen dado un golpe en las entrañas. Desde la vereda me di vuelta para mirar la celebración. El Huérfano tenía nuevamente la copa llena. Me fijé en el pilar que interrumpía la mesa. Los plomeros no le sustraían una mesa a las ganancias del Platón, tampoco era un honor merecido. A causa del pilar que se interponía en las conversaciones, los demás grupos que iban al Platón preferían sentarse en cualquier otra mesa. Por algo los Ventura llevaban dos generaciones dirigiendo el gremio, pensé. Respecto a mí, el héroe dispuesto a encontrar a los culpables y a restituir al gremio su ética, quedé convertido en sapo.

Un sapo hubiese vivido a sus anchas en el subsuelo del edificio del gremio. Pústulas, óxidos, goteras, chancros, lesiones, fracturas y desplazamientos de material... Tengo que regresar, llamar a Clara, inventar una excusa creativa, volver a mi casa, esperar las llamadas anónimas, contestar, quedarme en silencio, suspirar. No sé si avanzo por impulso o inercia. Al final del pasillo hay una abertura. Me apuro para salir de esa humedad que me hiela la sangre. Del otro lado me espera una sorpresa mayor. En vez de las cinco camionetas que los plomeros usan para atender clientes, hay un Porsche negro, nuevo, que brilla como un diamante. Saco del bolsillo el control automático que encontré en el asiento de la oficina del hijo mayor de Ventura; miro el símbolo de la marca, los dos candados, y presiono la tecla del que abre.

Al secuestrar el Porsche del estacionamiento del gremio no pensé que adonde fuera me seguiría su deslumbre. Faltan dos horas para la cita con Clara. Automovilistas, peatones, ciclistas, se detienen a admirar el auto. Los curiosos intentan mirar por las ventanas polarizadas. Adentro estoy yo y un olor que no es mi olor, porque no fumo puros y no uso agua de colonia. Los conductores me ceden el paso. El marcador indica una máxima de 315 kilómetros por hora. No hay auto en Vallesta que me dé alcance. La consola parece la de un avión, asientos de cuero de vaca profundos, reloj analógico, luces, teclas sensibles al tacto. Un clásico de la vanguardia. Explicar qué hago en el Porsche que encontré en el estacionamiento del gremio puede llegar a ser más desopilante que la presencia de un Porsche en el estacionamiento del gremio. Aunque si alguien del gremio se las arregla para cobrar el dinero que gastan cincuenta y una oficinas que ya no funcionan, está dentro de lo razonable que en el estacionamiento haya un Porsche negro nuevo con olor a puro y agua de colonia.

Salgo a la ruta y doblo a la izquierda para ir a la casa de Clara. Miento. El Porsche se adelanta a mi decisión y gira hacia la izquierda. Suave y pausado, espera a que mis manos alcancen el volante y recupere la sensación de que estoy al mando. El sonido de un teléfono rompe nuestro flujo. No se trata del mío. Me detengo a la vera de la ruta, busco en el asiento del copiloto, en el suelo, en la guantera. La llamada se corta. ¿Será que el hijo de Ventura, además de perder el control remoto en su oficina, dejó su celular dentro del auto? Abro la puerta de atrás. En los asientos no está: tanteo el piso bajo mi asiento, me estiro para alcanzar el del acompañante y lo encuentro. Es un modelo antiguo, básico, que el hijo de Ventura jamás compraría. Se parece al que el exmarido de Clara le regaló a la hija mayor para mantenerse comunicados si la madre la hería. El número de la persona que llamó no está asociado a un nombre sino a una dirección en Laguna. Es más, todos los contactos se identifican por su dirección. Son clientes. El celular pertenece a un plomero que subió al asiento trasero del Porsche y arriba perdió el celular. Está llamando de nuevo. Sin pensar más, contesto. Es una mujer, me pregunta cuándo voy a ir a su casa. Repite que me estuvo llamando y no lograba comunicarse.

–No entendí que era tan urgente –se me ocurre decir.

Por el aparato se oye en un segundo o tercer plano un llanto. La mujer eleva el volumen de la voz. No alcanza a cubrirlo. El que llora es un perro. La mujer dice que lamenta llamarme en domingo, mi día de descanso. Suena ansiosa. Los clientes tienen reacciones insólitas ante las filtraciones. El perro en segundo plano aúlla largo, sostenido, desgarrador, y ella, en vez de llamar a un veterinario, telefonea a un plomero tres veces seguidas.

–Usted se comprometió a venir –insiste.

El canto de un pájaro, las ruedas de un auto que pasa por la grava, el eco del viento, me hacen pensar que el perro está adentro de la casa y ella afuera. Deduzco que el llanto la obligó a salir y el perro quedó adentro.

–¿Será la humedad? –le pregunto.

–¿Cuál humedad? –retruca.

Si el Porsche pasó a buscar al plomero para

llevarlo a la casa de la mujer, algo ocurrió en el camino y perdió su celular. Por eso no pudo seguir contestando los llamados de la eventual clienta. El perro llora más fuerte, o es ella quien se acerca a la casa. No oigo la llave ni la puerta. Debe saber que es inútil pedirle al perro que pare de llorar, gritarle, amenazarlo con el encierro.

–¿Va a venir? –me pregunta.

El perro jala una cadena, ching, shuiiiing, trink trink, tink. Supongo que llora porque lo tienen amarrado e intenta escapar.

–Aló, ¿está bien?

Del otro lado cortan.

Laguna representa un breve desvío en el camino hacia la casa de Clara. Laguna es una vieja cantera en desuso que un grupo inmobiliario compró por dos pesos con el propósito de fundar un condominio de casas de fin de semana. Lo que hicieron fue llenar con agua el agujero que dejaron tras sacar la tierra de la cantera, poner un muelle para embarcaciones ligeras y sembrar plantas acuáticas. Los pájaros, los mosquitos, las ranas y sapos, algunos flamencos llegaron solos. Ningún árbol crece en la tierra despojada por las excavaciones. Tuvieron que plantar flores en canteros y traer palmeras ya crecidas. Los sitios más caros están en la primera línea de la laguna. La mayoría de los compradores viven en capital, salvo el dueño del restorán de campo de Parera y un juez de Vallesta que construyó una casa de dos pisos. El arquitecto diseñó la pileta para que los bañistas nadasen en agua con cloro y observasen los juncos, los patos, las garzas en el agua turbia de la laguna.

El Porsche calza a la perfección en la figura de los que trabajan en negro y lavan dinero, como el juez. Si lo escondió en el gremio fue para evadir el impuesto al lujo. El plan se modificó al resbalar el control automático desde el bolsillo del pantalón del hijo mayor de Ventura. Ni en la peor de sus pesadillas se le ocurrió que el domingo temprano yo iría a buscar una camioneta y, en cambio, me llevaría el Porsche.

La dirección de la mujer que llamó al plomero que perdió su celular corresponde efectivamente a la casa del juez. Se dice de él que tiene una amante y que su esposa lo permite a cambio de un aporte mensual a una cuenta en las islas Caimán. Al entrar al condominio lo primero que busco es la laguna, y me encuentro con que ha desaparecido. Las fabulosas terrazas, el muelle, los balcones observan en primera fila la excavación agotada por el saqueo y la sequía.

Afuera de la casa del juez hay dos mujeres altas, de espalda ancha, con el pelo teñido de rubio corto y chasquilla. Una es demasiado mayor para ser la que llamó al celular del plomero. Lleva en su mano una palita que debe de haber comprado en el supermercado, e intenta cavar un agujero. La tierra resiste sus embates. Junto a ella esperan media docena de flores que compró en el mismo supermercado de la palita, con escasas probabilidades de sobrevivir. La segunda mujer tiene la edad de Clara y es hija de la señora de la palita. Clara diría que mi pensamiento conservador esperó que la amante del juez fuese una jovencita linda y tonta, no una mujer hecha y derecha acompañada por su madre en un peladero protegido en sus cuatro costados por una malla de gallinero mal tensada. Los agujeros en la tierra indican que hubo o hay un animal. El llanto viene, como deduje por teléfono, del interior de la casa. Las cortinas, al menos las de las ventanas que dan a la calle, están cerradas. Del perro únicamente se oye su llanto imparable. Madre e hija simulan que están solas. No entienden quién soy, si tienen que abrir la tranquera para el Porsche o esperar a que me acerque a preguntarles una dirección.

–Vengo por la filtración –le digo a la mujer con la que hablé por celular.

–¿Qué filtración? –le pregunta la madre a su hija.

La mujer que habló conmigo por el celular del plomero estira el cuello como si observara un punto que cayó del cielo. No me gustaría ser su subordinado. Más adelante comprenderé que es la laxitud de sus párpados inflamados por el alcohol lo que crea la ilusión de que mira en menos.

–Debe de haberse equivocado de dirección –le dice la mujer a su madre.

El bolso de cuero, las botas, el collar de plata y la chalina étnica me hacen pensar que acaba de volver o estaba por irse cuando llegó la madre. Con la casa ocurre un poco lo mismo. No es posible saber si la están habitando o deshabitando. De alguna forma, la aparición de la madre, apertrechada con una palita y media docena de flores de estación, impide a la mujer aceptar que está en problemas y que por eso llamó a un plomero. La madre oye al perro llorar dentro de la casa mientras afuera intenta levantar un jardín con media docena de flores marchitas, y no cree que la hija esté en problemas. No se ven animales en las inmediaciones con los que el perro podría pelearse si lo soltaran: no se entiende que lo dejen adentro si lo pueden tener con ellas afuera.

–¿Qué número busca? –me pregunta la mujer que llamó al plomero, haciéndose la que no llamó ni a una mosca.

Les acerco el celular con el registro de sus llamadas. Ninguna se aproxima. Va a ser complicado entendernos. Yo en la calle. Ellas al otro lado de la malla de gallinero. La madre haciendo como que cava y el perro llorando en la casa a la que no les permite entrar. O ellas a él salir.

–¿Tiene el nombre de la persona que busca? –pregunta la madre–. Aquí todos nos conocemos –afirma en caso de que mi intención sea asaltarlas.

Las casas vecinas deben de estar desocupadas o los propietarios ya hubiesen denunciado el llanto del perro a la municipalidad, a la policía, a los bomberos, a cualquiera que lo hiciese callar. Podría enojarme con la mujer, exigirle que me pagase el viaje. Me detiene la certeza de que la conozco. No de las actividades culturales de Vallesta o de aquellas a las que asistí en capital, aunque se relaciona con lo cultural.

–Alguien que vive en esta dirección llamó a un plomero –insisto.

La hija no puede desmentir que llamó al número del plomero y conversó conmigo; tengo la prueba en el teléfono. Por otra parte, no se extrañó cuando el Porsche se detuvo delante de la casa. La sorpresa vino cuando me presenté como plomero.

–Siento mucho que haya perdido el viaje –contesta la madre.

Es evidente que no lo siente, tampoco le emociona la casa del juez; por eso compró las flores más baratas y una palita de juguete.

Es con la palita que me apunta.

–Mi hija ya le dijo que no necesita ayuda.

–Lo dudo –contesto mosqueado.

Los ojos de la mujer que llamó al plomero, comprimidos por el paso doble del delineador, se agrandan. Debe de creer que tenemos mirada de rayos X para detectar filtraciones.

–Allá usted –le digo, y regreso al Porsche.

Por el espejo veo a la mujer que llamó al plomero ir y venir en el lugar donde la madre la plantó. La única posibilidad de solucionar su problema está a punto de irse y su madre no ayuda. Resulta extraño que le preocupe una gota de agua y no el perro que ladra desquiciado dentro de la casa. En el baldío que hace las veces de jardín no se ve una manguera o un balde. Nadie va a regar las flores si sobreviven al trasplante. Oigo una carcajada, estridente, cruel. Miro por el espejo lateral. La palita de la madre chocó contra la roca, va a tener que empezar un nuevo agujero. La hija se mata de la risa.

Cómo no voy a entender el ansia de soledad que despierta en Clara la cercanía del fin de semana cada quince días, cuando las hijas se van con el padre y ella puede abandonar sus deberes de dueña de casa y correr a su taller... En la botillería donde compraba la botella de vino blanco, descubrió un whisky baratísimo que, según intentó convencerme, viene de la mismísima Escocia, y que bebe a solas en su taller.

Su trabajo artístico consiste mayormente en ordenar. En su caso eso no es sinónimo de jerarquía o desprendimiento. Clara le busca un lugar nuevo a las cosas para que trabajen la diferencia a sus espaldas. En el taller tiene obras que llevan diez años transformándose. Un cartelito indica el nombre tentativo, la fecha y un número que se corresponde con una anotación en un cuaderno en el que registra traslados y observaciones. En ese vivero Clara mantiene la obra que comenzó al día siguiente de conocerme. Llevaba años sin un espacio de taller (desde antes de su separación) y, gracias a mí, no solo se atrevió a vender el auto y apropiarse del garaje, sino que comenzó una obra nueva. Imagínense cómo me sentí. No, no imaginan mi felicidad, me sentí en las nubes.

En el espacio donde antes guardaba el auto puso dos mesones largos, un banco carpintero y muchos estantes. Es parte de su trabajo pintar cada dos o tres meses las paredes y el piso con cal. Parece un laboratorio, le dije asombrado la primera vez que entré. Clara lo tomó como un elogio. En comparación con las dimensiones y las comodidades de los talleres de los artistas a los que sí invitan a las bienales, a las colectivas, a exponer individualmente, lo único que le quedaba era convertir ese espacio precario en algo único.

Clara me tomó como un espectador piloto; mis ojos eran los primeros que veían las obras creadas en la intimidad de su taller. Me sentí tocado por una varita mágica. Es tan distinto el tiempo para los artistas, tanto que me cuesta ponerlo en palabras; es como si no existiera, como si el avance recto y progresivo se esfumara. Al salir te das cuenta de que para todo el mundo las horas sí pasaron. Adentro del taller hay lápices, óleos, acuarelas, telas, un pequeño altar de san Lucas, el patrono de los artistas visuales; muchas herramientas, libros, enciclopedias, fotografías, revistas, antigüedades, recuerdos. A cada paso encuentras un objeto que espera paciente a ser transformado por ella.

En una sola ocasión la sorprendí trabajando en la obra que comenzó el día después de conocerme. Confieso que no entendí lo que pretendía hacer, y ella tampoco me dio explicaciones acerca del juego de cubiertos incompleto que había desplegado en uno de los mesones. Los cubiertos estaban en un armario lleno de cajas que tenía en el comedor, donde guardaba loza y otros objetos decorativos de su época de casada. El juego, de origen inglés, que trasladó al taller perteneció a la abuela materna de su exmarido. Al ver esos ejemplares huachos, deslucidos, sobre la mesa, me dio una puntada de tristeza. No me pidan que les explique, ni yo sé por qué. Los cubiertos parecían haber entrado y salido de varias casas; en esas incursiones perdieron piezas, brillo. Había cuchillitos para el queso, el fiambre, el pescado, y otros que desconocía. Clara me sugirió que buscara su uso en internet y eso hice mientras ella escribía una carta a una galerista a la que perseguía para que la incluyera en su catálogo. Era un juego inglés marca Eisler, modelo imperial, y los cubiertos servían para romper un huevo a la copa, atrapar pepinillos, desprender ostras, sacar chutney, cortar uvas. No cabía en mi imaginación cómo Clara iba a transformar esos objetos en una obra. De hecho, no alcancé a saberlo. Una de las restricciones me dejó fuera de su taller y de mi papel como ojo piloto. Todavía faltaba la más dolorosa. Unos meses después Clara me informó de que nos abstendríamos de tener sexo. Si insistía en seducirla, no podría continuar viéndome. Me negué a aceptar. Su cuerpo era mi última certeza. Clara me acusó de pensar en forma conservadora. ¿Acaso era imprescindible el sexo para amarse? Dije que sí. Y las personas que físicamente no pueden tener sexo ¿no se aman?

Al final de esa semana el cartero me trajo un paquete. Adentro venía un ejemplar de *De A para X* de John Berger. Sabía cuánto amaba Clara los libros de Berger, y en especial esa correspondencia. Aunque no vivíamos en Palestina y yo no era un guerrillero preso, ni ella la esposa que me escribía cartas desde la casa en el barrio, comprendí que no le disgustaría tener conmigo una relación postal. Efectivamente, en la primera página del libro aparecía mi nombre y, escrito a mano, «Infinitas formas de amarte».

Cuando los clientes creen que estoy pensando en cómo solucionar la filtración, cuando los plomeros creen que pienso en la corrupción del gremio y mis amigos, en el partido de fútbol, imagino variantes que me permitan mantenerme junto a Clara a pesar de las restricciones:

me ama
mucho
poquito
nada
menos que al arte
me usa
se venga de su exmarido
se siente sola

Hay ocasiones en las que me llega a chirriar el cerebro del esfuerzo que debo hacer para construir variaciones en las que ella sí me ama. Si tan solo pudiera quedarme en una, creer que es verdadera y dejarme llevar por la fe, actuar en consonancia...

El día que recibí *De A para X* la llamé. No contestó. Pasé por su casa. Había luz. Clara deja lámparas encendidas, esté o no, para disuadir a los intrusos. Me quedé en la vereda del frente. No solo la amo a ella, amo el portón negro, la flor de la pluma, el perejil que sembramos en el antejardín, los postigos a medio caer, los baldosines de cemento de la entrada, las paredes blanqueadas a la cal de su taller... Un hemisferio me grita HUYE, el otro me advierte que voy a PERDERLA.

No soy capaz de entender que un copo de nieve nunca cae en el lugar equivocado.

Es invierno, en Parera no nieva.

El celular está llamando, arrimo el Porsche a la vereda. Es la mujer que acabo de visitar en Laguna, la amante del juez. Me pide que vuelva a su casa.

–Es urgente –me dice.

–Los plomeros no somos cerrajeros –me burlo.

–Intenté con otro, están todos en la fiesta.

¡La fiesta! Clara, sus obras, el puesto en el sector de los artesanos, el pastelito criollo. Todavía puedo llegar. ¿Qué espero? Le diré a la mujer que llame al cerrajero de la calle Urquiza, tengo su número en el celular. ¿Y esa sensación de que la conozco? No fue en un encuentro, sino a través de un relato que escuché. Una persona se refirió a ella como una mujer cruel, despreciativa, en relación con la obra de un artista. ¡Clara! La mujer de Laguna, la amante del juez, es Renata Walas, la crítica que habla mal de Clara ante los jurados, la que llama a sus contactos para dejarla fuera de las exposiciones colectivas; la que sugiere a la directora del Moderno que no tiene obra suficiente para montar una retrospectiva; la que consigue que la dejen fuera de las cenas con curadores extranjeros; la que convenció a la única crítica que estaba escribiendo sobre su obra de que Clara es una chupasangre.

Estaba tan contenta de que la crítica se hubiera entusiasmado con su obra... La mujer incluso le mandó una versión inconclusa, muy preliminar, del ensayo que estaba escribiendo. ¿Qué hizo Clara? Como no consiguió a alguien que se animara a escribir en el catálogo de su exposición en una pequeña galería de capital, copió dos fragmentos del ensayo inacabado de la crítica.

–Pero no le preguntaste... –me alarmé.

Me mostró el correo en el que le pedía a la crítica su aprobación para citar dos fragmentos. La respuesta parecía escrita a propósito para que Clara publicara los fragmentos y la crítica pudiera acusarla después de ser una ansiosa chupasangre.

Recuerdo la última vez que me habló de la Walas. Apareció de improviso en mi casa un viernes después de la inauguración de una muestra. Le dolía la cabeza, apenas se tenía en pie.

–¿De verdad existo? ¿Existen mis obras? –me preguntó de camino a su casa.

Las hijas estaban por llegar y logré convencerla de que en la caminata iba a recuperar la fortaleza que necesitaba para recibirlas.

–Pero ¿qué pasó? –le pregunté.

Clara era tan poco precisa en sus relatos...

–Me acerqué a Renata Walas y a otros artistas que estaban en la galería y ella estaba hablando mal de mí, de mi trabajo, como si yo no estuviese allí, como si fuese invisible. Tal vez lo soy. No existo.

Ninguno de los artistas a los que la Walas humillaba por turnos cuando se emborrachaba se atrevió a decirle que Clara estaba escuchando cómo ella se burlaba de su obra.

–¿Has visto maldad más grande? –me preguntó.

Me cuesta comprender qué necesidad tiene una curadora y crítica famosa como la Walas de apartar, negar, borrar a Clara del mundo del arte. ¡Si Clara es capaz de pasar una semana acumulando valor para llamar a la secretaria de Ventura y pedirle que llame a la directora del centro cultural de Vallesta para que mande a colocar un afiche de la inauguración de su muestra en la cartelera, como hacen con todas las exposiciones, excepto la suya!

Más encima las niñas salieron antes de la escuela. Clara no tuvo valor para hacerse cargo. Preparé la cena, las ayudé con las tareas, lavé los platos, armé las loncheras del día siguiente. Conocer las pasiones tristes de un mundo del que siempre tuve una imagen idílica me dejó sin energía, y se me hizo cuesta arriba volver a mi casa.

Clara se salió de sus casillas.

–Tú sabes que no puedo dormir con alguien en mi cama, no entiendo que insistas, para qué, para hacerme sufrir por otra cosa más que no soy capaz de hacer.

–Por favor –insiste la Walas al teléfono–. Necesito que venga y abra la cerradura. Le pago lo que me pida.

–No es por eso.

–¿Y por qué es?

¿Y si convenzo a Renata Walas de que las obras de Clara merecen su reconocimiento? Entonces los sufrimientos de Clara habrán terminado y aceptará mi amor sin restricciones. El Porsche ejecuta una vuelta en U perfecta y vuela a Laguna.

La Walas no dice si perdió la llave mientras practicaba jardinería con la madre o si ya no la tenía cuando la madre le avisó que iba para allá con media docena de flores que había comprado en liquidación. La madre se ha ido. Las plantas continúan en sus macetas plásticas. Falta la palita. El perro continúa llorando adentro de la casa cerrada.

–¿Alguien que tenga una copia de la llave? –le pregunto con una débil esperanza.

–¿Y sus herramientas?

Le explico que los plomeros usamos la llave para tubo, la llave ajustable, de grifo, la llave inglesa, que es la más conocida.

–Ninguna para abrir una cerradura.

–Está bien, está bien. ¿Me puedes ayudar?

La vez anterior me pareció divertido que las dos mujeres estuvieran afuera de la casa y el perro adentro; supuestamente, porque al perro no lo pude ver antes ni ahora. En esta segunda visita me afecta la insistencia de su llanto, obsesiva, feroz, en el dolor o en la infelicidad, a pesar del dolor y la infelicidad, quién sabe cuánto va a resistir o cuánto voy a resistir yo a la falta de corazón que hay en todos y especialmente en mí desde que Clara comenzó con las restricciones y, como una forma de protegerme, dejé a un lado mi corazón y los acontecimientos comenzaron a pasar directos a mi cerebro. Pienso en el temple de la Walas para vivir en esta casa con vistas a una cantera seca como si no oyera el llanto del perro. A menos que no viva aquí y el perro pertenezca al juez o a la persona que cuida la casa. Por qué entonces la madre se preocuparía de venir a plantar flores. Nunca oí llorar un perro con esta insistencia. Llora, se lamenta, grita. La Walas no expresa señal de alarma.

–Está bien, demos una vuelta a la casa por si encontramos una ventana... –le propongo.

–Ya revisé.

–Otra posibilidad es quebrar un vidrio y abrir la puerta por dentro.

Mientras caminamos por el exterior de la casa, el perro nos sigue por dentro. Ningún mueble se le interpone, como si las habitaciones estuviesen vacías.

–Esta puede servir.

Indico un ventanuco. Eso sí, voy a necesitar una plataforma para subir.

–Los albañiles dejaron varias cosas por allá –me dice.

–¿Es un baño lo que hay del otro lado? –le pregunto.

–De servicio.

–¿Recuerda qué hay en la pared por la que voy a bajar?

La Walas me mira, sorprendida.

–No importa –le digo.

El perro ha llegado a la puerta del baño y se queda del lado de afuera aullando con una tristeza ilimitada.

–¿Es manso? –le pregunto.

–¿Quién? Un momento.

La Walas se aleja para contestar una llamada. El perro va y viene ansioso sobre sus pasos. Llama mi atención que no se acerque a las ventanas: podría meter el hocico o correr las cortinas con las patas, asomarse, dar lástima.

–Cambio de planes –me dice la Walas al volver–. Necesito ir a la fiesta del pastelito. Tú vas, ¿no?

El perro oye que nos disponemos a dejarlo y se larga a llorar desesperanzado, grita, aúlla, tira de la cadena.

–El ministro de Cultura no podrá ir y tengo que representarlo en el jurado –me explica la Walas como si no escuchara.

La cadena sigue chillando ante los embates inútiles del perro por liberarse; el llanto deja paso a la rabia.

–¿Vamos? –insiste.

Se adelanta y me espera ante la puerta del conductor. Al ver mi sorpresa, sigue hacia la del acompañante. La Walas no es alguien que se equivoca; esperó del lado del conductor a que yo le pasara el control. Lo sabe manejar, seguramente mejor que yo, que lo dejo a su aire. ¿Y si al primer plomero que perdió el celular dentro del Porsche lo quisieron contratar como conductor? No creo que la Walas hiciera el trato. Hay un tercero, el dueño del Porsche o un representante. La Walas no mencionó la plomería hasta que yo lo hice. Estaba esperando a un chofer. ¿En qué me metí?

–Ni te pregunté si vas a la fiesta del pastelito, supuse que sí, como todos –insinúa.

–Voy a desfilar.

–Qué encantador.

–Cuando salí de la escuela sentí alivio de no tener que volver a desfilar. Y aquí estoy –levanto los brazos.

–A mí me interesan especialmente estas escenas populares, de hecho estoy asesorando al Ministerio de Cultura para rescatar el arte popular del lugar subordinado al que lo tiene relegado el Arte.

–¿Te refieres a los artesanos que traen chucherías de capital para revender?

La Walas apenas sonríe.

–Es un asunto más complejo –dice de pasada.

Desde que subió al Porsche que pretendió conducir, revisa insistente su teléfono para comprobar si tiene mensajes. Necesito atraer su interés, llevarla a la obra de Clara, despertar su admiración.

–Tú te refieres a alguien como Tanguito –le digo.

–¿Qué tanguito? –pregunta desconcertada.

–Tanguito, ¿quién otro?

La Walas escucha atentamente los fragmentos de la historia de Tanguito que recuerdo; después de tantos años los espacios en blanco han licuado al ídolo de mi adolescencia, al cantante natural. Despojado de las circunstancias de la época que lo vio nacer, el remanente es difícil de comprender.

–La justicia lo encerró en el siquiátrico, de allí escapó y lo mató un tren.

–Qué romántico –se burla.

Ni con la sonrisa se le va la maldad. Pienso en Clara. ¿Su lugar en el arte sería distinto si la Walas estuviera a su favor?

–No sé nada de él. Soy uruguaya –me dice.

Lo que hago después no tiene explicación.

–«Estoy muy solo y triste acá en este mundo abandonado... Construiré una balsa y me iré a naufragaaaaar.»

La Walas aplaude encantada.

Nos acercamos al cruce; el camino de tierra que va a Parera por dentro es más lindo. La ruta, más rápida. Faltan veinticinco minutos para las once. El Porsche tarda quince minutos hasta Parera y otros diez hasta casa de Clara. Lo puedo lograr. Doy un leve toque al volante; el giro en contra de su voluntad resulta brusco, torpe. La Walas mira de reojo mi forma de conducir. ¿Por qué, si tiene un séquito de jóvenes artistas dispuestos a pasar por el ventanuco del baño, me llamó a mí para abrir su casa?

–Y a ti te gusta el arte –sugiere.

–No tengo los mismos conocimientos para apreciarlo que tú.

Le acabo de confesar que sé quién es. Pruebo a desviar su atención.

–Hago todo lo posible por ir a los museos

cuando vienen muestras, me gusta leer historia del arte, veo documentales sobre la vida de los artistas... Es un mundo que me deslumbró desde niño, la libertad que tienen para ser diferentes.

–¿No vas muy rápido? –Se alarma.

El pedal es sensible a la mínima presión.

–Últimamente –me dice– han llegado algunas artistas..., ¿cómo las podemos llamar?, contemporáneas a vivir a esta zona. Quizás te ha tocado reparar alguna filtración. Más de una debe de necesitar un guardabosques.

–Te refieres a un plomero.

–Perdón, perdón.

Es más mala que las arañas.

–Aunque las artistas verdaderas no gastan en plomeros, convierten la filtración en una obra –se burla.

–¿Eso es malo? –pregunto haciéndome el pelotudo.

–¿Te refieres a...?

–Que una artista convierta una filtración en una obra. Además de la plata que se ahorra poniendo un balde, por cierto.

La Walas no tiene interés en explicarle a un plomero cómo funciona el arte: prefiere esperar el mensaje que no llega a su celular. Dentro del Porsche es fácil no pensar: en qué va a pensar uno desde esta comodidad, desde esta perfección no es necesario el arte.

–Al menos las artistas populares no creen que el mundo está en falta con ellas –continúa la Walas–, y no se andan quejando de falta de reconocimiento. No se ofenden, no inventan un complot de curadores, galeristas, no descalifican a los jurados que no les dan un premio o una beca.

No es como piensa Clara, que la Walas defiende un proyecto distinto al suyo, y por eso la margina. La maldad le da placer.

–A ti te debe de gustar solo el arte clásico –insinúa.

–He aprendido a observar.

No le digo que con Clara aprendí a mirar el arte contemporáneo. No a entender. Desde el primer día me prohibió comprender sus obras. Si llegaba a interpretar alguna, en mi siguiente visita a su taller esa parte de la obra había desaparecido. No puedo negar que cuando la oigo quejarse de que las galeristas, el director del Museo de Bellas Artes, el organizador de la Bienal no la invitan a exponer y la excluyen incluso de las muestras colectivas de su propia generación por el único motivo de tener una obra confusa, me pregunto si su obra no necesita... no sé si una explicación, mostrar el proceso, armar un relato: todo lo que Clara odia.

¿Y si el arte sí se entiende y sus obras no?

¿Y si Clara no es lo suficientemente...?

¿Y si su obra es del montón?

Atreverme a poner en palabras la impresión que tuve al observar, a través de la vidriera del centro cultural, a Clara colgando del tornillo del que antes colgó una pintura que nadie fue a ver me hiere a mí más que a ella. Nadie puede saber mis dudas, nunca, nadie.

–¿Cómo sé yo si la obra de un artista va a quedar en la historia? Vaya pregunta –se ríe la Walas.

No le pregunté. Lo juro. En mi cabeza oigo piedras que ruedan. Desconozco adónde van.

–Generalmente se trata de proyectos demasiado íntimos, que no dialogan con sus pares, con las instituciones, con la historia del arte; obras clausuradas.

La Walas no reprime la sonrisa, busca que me dé cuenta de que se está riendo de Clara y de mí. Luego inclina la cabeza para relativizar el efecto de los oscuros pensamientos que ha metido en mi mente. Llegaremos en cinco minutos. Debiera estar tranquilo. No estoy tranquilo.

–Estoy aburrida de los dioses y su olimpo de

telgopor. Pretenciosos, todo da vueltas alrededor de su ego.

Me mira y se ríe.

–Qué descorazonador pensar así –le digo.

Me mira y no comprende.

–¿Por qué el Estado va a financiar a una artista que se cree genial y no a una mujer que hace casas de madera para colibríes? ¿Por qué los críticos tenemos que reconocer a una y no a la otra?

Se ve que es uno de sus temas preferidos y se sabe la letra. A pesar de lo burdo de sus argumentos, ha conseguido que cada vez que yo mire una obra de Clara su ojo maligno me haga dudar de si tiene valor. ¡Y tardó en hacerlo menos de diez minutos!

–No puede ser –digo.

Por el carril contrario de la ruta una impresionante fila de autos espera para doblar hacia Parera. Vienen de Vallesta, de capital, de las ciudades intermedias. El camino está saturado de vehículos que avanzan a paso de hombre. ¡Y todos van a la fiesta del pastelito criollo! Nunca hubo una concurrencia como esta. ¿A qué vienen? No puedo creer que a comer un pastelito que venden en todas las panaderías del país. La Walas se muestra extasiada.

–Mira, mira. Dime qué artista cuenta con un 0,1 por ciento de este público –se exalta.

Los autos salen del camino y estacionan a los costados, bloquean la entrada a los campos, toman la vereda municipal, quedan colgando de la barranca. La gente se baja dispuesta a caminar los dos kilómetros que faltan para llegar a la plaza donde se hará la fiesta. La Walas los mira hipnotizada. Su ojo derecho analiza con mezquindad el provecho que piensa sacar. El izquierdo, atraído por el vaivén caótico de la gente, destila euforia ante el potencial del arte popular.

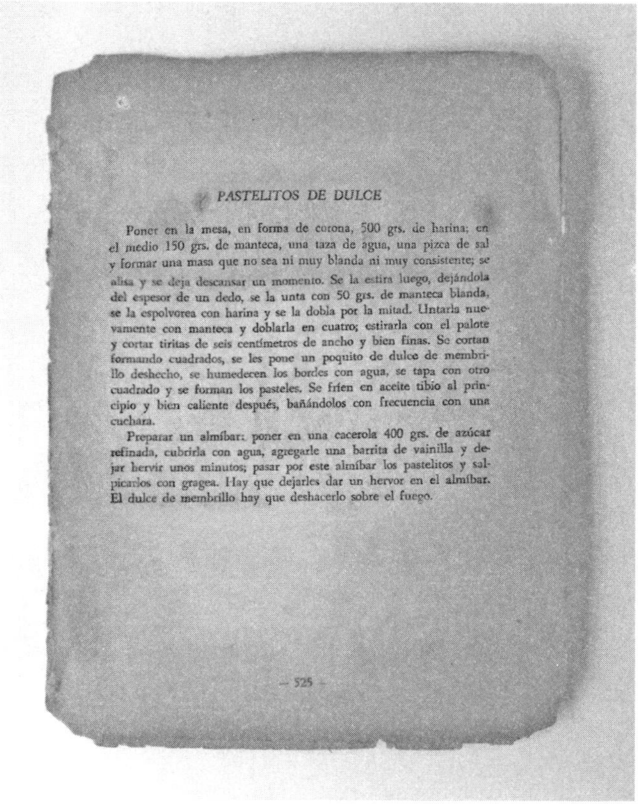

PASTELITOS DE DULCE

Poner en la mesa, en forma de corona, 500 grs. de harina; en el medio 150 grs. de manteca, una taza de agua, una pizca de sal y formar una masa que no sea ni muy blanda ni muy consistente; se alisa y se deja descansar un momento. Se la estira luego, dejándola del espesor de un dedo, se la unta con 50 grs. de manteca blanda, se la espolvorea con harina y se la dobla por la mitad. Untarla nuevamente con manteca y doblarla en cuatro; estirarla con el palote y cortar tiritas de seis centímetros de ancho y bien finas. Se cortan formando cuadrados, se les pone un poquito de dulce de membrillo deshecho, se humedecen los bordes con agua, se tapa con otro cuadrado y se forman los pasteles. Se fríen en aceite tibio al principio y bien caliente después, bañándolos con frecuencia con una cuchara.

Preparar un almíbar: poner en una cacerola 400 grs. de azúcar refinada, cubrirla con agua, agregarle una barrita de vainilla y dejar hervir unos minutos; pasar por este almíbar los pastelitos y salpicarlos con gragea. Hay que dejarles dar un hervor en el almíbar. El dulce de membrillo hay que deshacerlo sobre el fuego.

— 525 —

Del libro de recetas de doña Petrona.
Buenos Aires.

Cinco horas

La noticia de la avalancha de visitantes que continúa entrando a Parera hace aparecer de apuro el mesón de amasar, el caldero, la harina, el agua caliente, los cigarros. Las casas ofrecen su jardín como estacionamiento a mil pesos. Para quienes creen que más adelante encontrarán un espacio gratis, más adelante valen dos mil. El sonido de los billetes en los bolsillos flacos de los lugareños aplasta el pasto, los yuyos, el caminito de piedras, las cigüeñas de yeso que embellecen la entrada de las casas. Los que vinieron a comer pastelitos criollos sacian la ansiedad con tortas fritas. La única manera de llegar a la plaza es introducirme en alguno de los grupos compactos que avanzan con la corriente. Cuando llego al interior del interior del interior, me agarro de la espesura, espero un resquicio, me sacudo las palpitaciones y doy un paso hacia delante o al costado para tomar impulso. Me agarro, espesura, calor, paso. La corriente tiene un aire de saber adónde va y para eso tiene que abrirse paso. No se impacienta. Si alguien empuja, lo inmoviliza. Entramos en un remolino, empujan, empujamos, las corrientes logran hacerse un lugar en el caos y en el caos se asienta la tradición.

–Salvador.

Miro en todas direcciones pero es imposible separar a la multitud en individuos. Hay algo que vibra en mi pecho. Es el celular. Lísbert pregunta dónde ando. Detrás de su voz oigo las patas histéricas de los caballos de los corredores de sortijas impacientes por desfilar. Le escribo que estoy llegando. La corriente desorienta.

–Salvador.

Reconozco a Finoli, trae en la mano un sopapo gigante de cartón. Me muestra con orgullo que a la hija se le ocurrió plegar el material para que parezca que succiona la mugre atajada en la bacha.

–¿Y tú? ¿Piensas matar a alguien con eso? –me pregunta.

Había olvidado el serrucho que encontré en la valija del Porsche y que me até con un cordel a la pierna derecha.

–Pensé que ibas a desfilar con tu estetoscopio. Mira el modelito que te agenciaste –se ríe.

Después que dejé a la Walas a la entrada de Parera, donde se encontró con parte de su séquito de jóvenes artistas, el Porsche dio la vuelta en U y salimos a la ruta. Tenía que encontrarle un escondite. En el estacionamiento del gremio el guardia ya debía de estar haciendo la ronda. En mi casa no había un lugar bajo techo para ocultarlo. Se me cruzó la idea de ir a buscar a Clara, a pesar del retraso. Si la conocía bien, ya debía de haber llegado a la fiesta con sus obras, aunque fuese en bicicleta. No tenía ningún llamado suyo. Clara, Clara. El Porsche iba atento a las salidas, a los retornos, como si estuviese arrepentido de haber huido conmigo. Ya que no lo llevaba a ninguna parte, buscaba por sí mismo un escape. Este se presentó en el desvío hacia el barrio de los plomeros. El Porsche entró con paso manso, como esos caballos de playa acostumbrados a volver a casa después de una primera vuelta. Nuestra aventura juntos estaba por concluir.

En el barrio de los plomeros actualmente no vivía un solo plomero. Partió como un loteo solitario y sin servicios que el gremio se adjudicó y sorteó entre sus afiliados. Los favorecidos terminaron por vender su lote y comprar en Vallesta. Ahora los terrenos valen fortunas.

Nos detuvimos antes de la curva, junto a un montecito que debió de pertenecer a la antigua casa patronal. El reflejo del sol nos protegía de la visión de la última línea de casas. Era nuestra despedida. En la mansión de algún millonario estaba la copia del control remoto; por eso el hijo de Ventura no volvió al gremio el viernes, ni tampoco se atrevió a contarle al dueño que había perdido el control. Conociendo lo vago que es todavía debía de estar esperando un milagro.

Me disponía a dejarlo allí cuando vi el maletero. A la segunda combinación logré abrirlo. El serrucho estaba en una caja. Me acordé de que necesitaba una herramienta para desfilar. Total, pensé, quién va a saber que los plomeros no usamos un serrucho como ese. No había andado diez metros cuando oí el sonido de la puerta. Estaba seguro de haber presionado el dibujito del candado cerrado. Lo recordaba claramente porque había mirado el control remoto y me había preguntado qué iba a hacer con él. Dejarlo en el auto tenía la ventaja de desvincularme por completo. Incluso, si otro lo robaba, lo tomarían a él como único culpable. Me escondí en el montecito. Vi que la puerta del conductor estaba abierta.

Un hombre miraba hacia dentro como quien sale a dar una vuelta a la manzana y se encuentra con una nave espacial. Llevaba una chaqueta y pantalón de tela negra, camisa blanca, mocasines sin calcetas. No se comportaba como un ladrón. Pensé en un empleado. Yo todavía tenía el control en el bolsillo del pantalón. No estaba seguro de si a esa distancia iba a funcionar. El empleado retrocedió asustado de que la puerta se cerrara sola. Tomó el celular y marcó un número; iba y venía nervioso. Cuando le contestaron, habló largo y excitado; las palabras que alcancé a oír me confundieron; en vez de decirles dónde estaba el Porsche, dijo: No está. ¿Se refería a algo que faltaba dentro del auto y que él se disponía a buscar cuando la puerta se cerró? ¿El celular del plomero? ¿El serrucho? ¿Algo que no vi? En el camino a Parera encontré un cordel y me lo amarré a la pierna para no tener que llevar el serrucho en la mano; con tanta gente en la fiesta podía ser peligroso.

–Estoy yendo al desfile –le contesto a Finoli.

Finoli posa su mano en mi espalda como hacía Ovidio. La idea de que Ovidio le encargó desde el más allá mi bienestar me emociona.

–Nunca vi un serrucho como ese.

Inspecciona el mango, los dos agarres ajustables; recorre con las yemas la hoja curva. Extiende los dedos y mide.

–Noventa centímetros de largo y una curva de noventa grados, origen alemán. ¿Y esto?

Señala el botón de aluminio en la parte baja del mango. Lo aprieto para ver qué ocurre. El mango salta: por poco no salvo la nariz.

–Vaya, un serrucho telescópico: sabía de su existencia pero nunca vi uno.

–¿Pensaste que iba a venir tanta gente? –le pregunto.

–Claro, si está regalado, dónde vas a comer por cinco mil pesos, con show y entretenciones para adultos y niños.

–Claro, no vinieron por el paisaje.

Finoli iguala sus pasos a los míos.

–No entendimos por qué desapareciste del Platón. Después fuimos a la casa de Roca a analizar con tranquilidad los documentos que nos diste –me cuenta.

Formamos una isla entre las corrientes, oscilamos, con las piernas abiertas, las rodillas flexionadas, buscamos el modo de afianzarnos en lo inestable.

–¿Vas a creer que el departamento más grande, después de la administración, es el de Recreación? Los que siempre critican al gremio saltaron: cómo es posible que el Estado subsidie la entretención de los plomeros, por qué van a decidir por nosotros en qué nos entretenemos. Cada uno tiene la libertad de escoger su recreación y pagar por su familia. Bla, bla, bla.

En su entusiasmo empuja mi pierna con la suya y la hoja del serrucho telescópico me roza.

–¿Te das cuenta?

Soy sincero. No me doy cuenta.

–Pero hombre, fíjate en la nobleza de un gremio que pone en primer lugar la recreación de sus asociados. En nuestra ignorancia lo criticábamos. Y el gremio estaba brindándose entero para nosotros, por nuestra recreación, por nuestro trabajo, nuestro espíritu –clama.

Su entusiasmo nos obliga a recuperar el equilibro que la supuesta épica del gremio alteró. Me cuesta comprender si Finoli es o se hace.

–Y fuiste tú quien nos devolvió la fe en el gremio –me dice en el colmo de la emoción.

Me pregunto quiénes habrán sido los que se han opuesto al delirio recreativo gremial. Contra el gremio putean todos. Ahora, gracias a mi descubrimiento, un grupo se convirtió a la fe.

–Nos hiciste comprender el sentido de la tradición –me abraza.

Su acercamiento me obliga a separar mi pierna de la suya; reacomodo el serrucho: la hoja quedó al revés, tendré que darlo vuelta.

–Quizás no se entendió bien lo que quise... –intento decir, y me interrumpe.

–Lo que cuenta es lo que está detrás de nuestros actos.

Una oleada pasa demasiado cerca y se lo lleva lejos. Lo último en desaparecer es el sopapo gigante. Me preocupa que los del gremio visualicen en mis actos algo que yo no consigo ver y que eso dé origen a un malentendido tan intrincado que no sea posible desarmarlo en esta vida.

San Lucas, toma su mano y oriéntalo.

Mi celular comienza a vibrar: tengo la ilusión de que sea Clara desde su lugar en el arte popular, preocupada porque no doy señales de vida. Es Lísbert. Corto. Los que vuelven del galpón donde supuestamente se hace la competencia nacional del pastelito criollo son tantos como los que vamos hacia él. De todas formas los pastelitos no alcanzarán para todos. La segunda tanda debió de acabarse. O la tercera, y la gente da vueltas en banda buscando el sentido de la fiesta. Diviso a Hacerruido, encuentro un canal para avanzar hacia él. Me ve y se esconde. Llega otro mensaje de Lísbert, quiere saber dónde ando. Le contesto que estoy llegando. Al levantar la vista me topo con la mirada furiosa de Haceruido varias corrientes más delante. Según me dijo Finoli, lidera la corriente antirrecreativa. Tiene sentido. Lo que no lo tiene es que me rehúya si le proporcioné las pruebas para lograr su objetivo. ¡Eso hice! Le entregué el gremio a los que no reconocen su valor, su nobleza, a los que van por su aniquilación. Me muero muerto. Por eso Roca y su grupo tuvieron que buscar otra forma de leer las pruebas: para neutralizar las consecuencias de su significado literal. Si la corrupción es probada (seguramente los gastos operacionales truchos no son la única rareza contable), voy a quedar del lado de los que buscan acabar con el gremio para tener libertad de recrearse, de cobrar, de conseguir trabajos por sí mismos y progresar; poner un local en una galería y terminar con una megaempresa con sede en Nueva York, cuyas acciones cotizan en la Bolsa. ¿Quién sino el gremio va a negociar descuentos en las herramientas, en las cuentas de la luz y del gas de los locales? ¿Y las rebajas impositivas para los que recién se incorporan como yo? ¿Y las jubilaciones? ¿Y el tarifario a los clientes que nos protege de su avaricia? ¿Qué opción tengo? ¿Cerrar los ojos como hacen ellos? A menos que las malas prácticas sean consustanciales al gremio y no se pueda disociar de la utopía al que se lleva una ampolleta a su casa, al que usa el teléfono para sus llamadas personales, al que toma a los clientes en forma particular, al que encarece un contrato para quedarse con el vuelto, al que usa las camionetas para sus asuntos privados. Ovidio tuvo que haber conocido esas y muchas otras malas prácticas y nunca presentó una denuncia. Lísbert llamando de nuevo. Dudo que su insistencia se deba a que no he llegado a encabezar el desfile. Le escribo que voy llegando y apago el celular.

San Lucas, no le sueltes la mano.

No consigo llegar a la plaza, o lo hice y, antes de darme cuenta, la tradición me desvió. Los que se devuelven son tan numerosos como los que van. No se entiende si el concurso nacional del pastelito criollo los decepciona o más adelante el paso está cortado. Se me ocurre otra posibilidad: cuando llegan al cruce con la ruta, vuelven a entrar.

–Menos mal que te encuentro.

Del Caño lleva un caño de cobre de ¼ de dos metros. Se queda mirando el serrucho en mi pierna.

–Creí que ibas a traer el estetoscopio.

–¿Viste el mango? Es telescópico.

–Te equivocaste en el cálculo –me dice.

–¿Cuál cálculo?

–Las cuentas que sacaste, no tomaste en cuenta los pasivos, los primarios, los referenciales. La cifra que obtuviste parece verdadera y no lo es.

Saca del bolsillo interior de la chaqueta un papel doblado en cuatro. Tengo que ayudarlo para evitar que caiga al suelo y no lo encontremos más. La hoja está llena de cálculos y, encerrada en un círculo, la cifra del desfalco que obtuve al poner en relación el plano, el organigrama y el informe de rendición de cuentas.

–Por eso me costó tanto resolverlo. Tuviste un problema con el cero.

Me muestra la misma cifra que obtuve con mi cuenta menos un cero e inmediatamente dobla el papel en cuatro y lo guarda en el bolsillo interior de la chaqueta. Me entra la duda de si puse tantos ceros o Del Caño aumentó uno para descontarlo después y hacerme creer que se trata de montos diferentes. Además, tiene el mismo tic que Finoli y tengo que estarme corriendo para evitar que el filo del serrucho telescópico me desgarre la carne.

–El cero es un pícaro –me dice–. Le encanta hacer trampas. Y ojo, sabe a quién.

Estoy tentado de decirle: a ustedes. Cómo no entienden que un cero es el menor de sus problemas, que alguien dentro del gremio los estafa. Cuál es la parte que no comprenden. Menos mal que la corriente lo abduce. Por el hueco que dejó, oigo la cadencia de un discurso. Si el acto central ya empezó, a continuación vendrá el desfile. En una maniobra milagrosa cambio de corriente hacia una que, según mi devuelto sentido de la orientación, se dirige a la plaza. Ser llevado por lo inhabitual se convierte en una experiencia deliciosamente nueva si hago oídos sordos a la esperanza y al miedo.

«Tradición no es una palabra distante o ajena a nosotros: es la manera que tenemos de comprender el mundo y lo que pasa en él. La tradición determina nuestros planteamientos, prejuicios, conceptos, comportamientos y costumbres; lo dicho por ella tiene autoridad anónima. Todos los que vivimos en el país, por tener la misma historia, pertenecemos a la misma tradición.

»Para conocer lo que es la tradición necesitamos dejarnos hablar por ella, y preguntarle, por ejemplo, cuál es su sentido más allá del gaucho, de la china con trenzas, del mate, la torta frita y el pastelito. Más allá del gaucho, la china con trenzas, el mate, la torta frita y el pastelito, está el *Martín Fierro*. *Martín Fierro* nos hace preguntas profundas sobre la vida, la muerte, la libertad, la traición, el castigo.

»Si logramos conjugar el pasado que nos habla con el presente que pregunta, llegaremos a comprendernos como pueblo, porque nos habremos comprendido dentro de la tradición, porque tradición somos nosotros. ¡Viva la tradición!»

¡VIVA!
¡VIVA!
¡VIVA!
¡VIVA!
¡VIVA!
¡VIVA!
¡VIVA!
¡VIVA!
¡VIVA!
¡VIVA!
¡VIVA!
¡VIVA!
¡VIVA!
¡VIVA!
LIBERTAD TRADICIÓN
¡VIVA!
TRADICIÓN LIBERTAD
¡VIVA!

¡VIVA! ¡VIVA!
¡VIVA!

Pensar que anoche me sentía tan alegre que hubiese cantado mil vivas... Clara me invitó inesperadamente a su casa a beber su nuevo descubrimiento en materia de whiskies baratos. Puso la mesita redonda con el mantel de lino blanco bajo la flor de la pluma que el jardinero podó brutalmente a indicación suya, cansada de que la tinta violeta de las flores manchara las baldosas. Más tarde entramos a la casa. Me disponía a llevar la bandeja al comedor cuando me explicó que estaban comiendo momentáneamente en la cocina. La obra en la que trabajaba necesitaba una mesa grande, y las niñitas, la señora encargada de la casa y ella comían apretujadas en la cocina mientras el comedor permanecía cerrado con un biombo. Le pregunté cuál era esa obra. Me contó vagamente que le había encontrado la vuelta, al parecer definitiva, a algo que llevaba cinco años moviendo por el taller. Cinco años hace que nos conocemos, le dije. Sí, contestó, cinco años.

Prometo que fui al baño sin segunda intención. A la vuelta fue natural detenerme frente al biombo y... mi curiosidad escapó. Estaba seguro de que se trataba de la obra que Clara comenzó al día siguiente de conocerme. Tuve suerte de que la lámpara de techo de la sala y la luz indirecta que salía por el ventanuco de la cocina algo iluminaban. El piso estaba lleno de cajas, bolsas, papel de diario, cajones, tijeras, altos de fotocopias, tomos de la Enciclopedia Británica, una tijera, un rollo de cinta de satén rojo. ¿Y sobre la mesa? Cubiertos. De plata auténtica, alpaca, acero inoxidable, baquelita, hueso, madreperla, resina, madera. Todos los juegos estaban incompletos, en algunos había dos cuchillos de pescado y solo un tenedor. Era difícil entender cómo se habían extraviado en forma tan dispareja. ¿Había conservado el cuchillo de pescado sobrante por si encontraba un segundo tenedor? ¿No tuvo valor para tirar los tres cubiertos a la basura? Estaba pensando de manera equivocada. Si Clara se había referido a esto como su obra, no estaba haciendo una clasificación para quedarse con los cubiertos que conservaban la correspondencia. Reconocí el juego inglés de la abuela de su exmarido que había visto cinco años atrás en su taller. En ese momento recién estaba comenzando y dijo que conocerme la había inspirado a retomar su trabajo artístico. A lo largo de esos años, mientras la obra se construía en el taller, Clara me había mantenido, gracias a las restricciones, a distancia a su lado. No sé cuánto tiempo estuve en el comedor: mucho más del que se necesita para ir y volver del baño. La casa era pequeña. Ella sabía dónde estaba y, aun cuando se negó a mostrarme la obra aduciendo que todavía no estaba terminada, permitió que yo la viera a escondidas. Había en esos cubiertos un mensaje destinado a mí. Otra persona hubiese buscado una manera más directa de decírmelo. Clara no. Encerrado en esa obra estaba lo que no me había dicho en cinco años; la explicación que yo andaba buscando a las restricciones.

Cuando aparecí de vuelta en la cocina, no mencionó mi demora. Su silencio acentuó mi sospecha. Me urgía llegar a casa para interpretar a solas lo que había visto en el comedor. Caminamos hacia el portón metálico: el viento frío alentaba una separación rápida. Era el momento para comprometerme a buscarla al día siguiente, a ella y sus obras, en la camioneta que sustraería del gremio, poniéndome yo también en el lugar del delito. Nos quedamos indecisos. Una parte de mí la urgía a pronunciarse. Era tan sencillo... Sabía que había entrado al comedor, que había visto la obra, ¿por qué no me decía algo? ¿Algo como qué? No lo sabía. Ella sí. Parecía tan frágil afirmada al portón metálico por donde antes entraba y sacaba el auto y donde, desde que me conoció, sacaba sus obras a exponer y las devolvía al taller... Reprimí la compasión. Esta vez no, me dije, esta vez se trata de mí. Se me cruzó la idea de que Clara esperaba que yo hubiese comprendido lo que había en el comedor, y que la ausencia de comprensión por mi parte la dejaba sin esperanzas. Le di un beso en la mejilla. El sonido metálico del portón retumbó en mis oídos, retumbó y retumbó hasta que llegué a mi casa.

El recuerdo de ese día me parece muy lejano entre las corrientes que se ven obligadas a dividirse para no llevarme puesto. Los y las que pasan me observan con curiosidad, como si yo estuviese viviendo dentro de una casa de vidrio. Corriente que pasa cerca, me mira vivir y se desvía. Salvo que mi única actividad es inventar variaciones para comprender si Clara me ama a pesar de las restricciones o por ellas. Necesito ayuda, tengo que pedir ayuda.

–Juez –llamo.

La gente que me ve en la casa de vidrio cree que estoy pidiendo un juez.

Juez sigue de largo, seguramente porque es domingo y va con su esposa, una hija, dos nietos y, en una estela invisible, la casa en la Laguna, la Walas, la cuenta en las islas Caimán.

–Juez –le toco el hombro.

–Hombre, no lo reconocí –me dice.

Les explico que parezco distinto porque voy a encabezar la columna de los plomeros en el desfile.

–El desfile ya terminó –interrumpe el nieto.

No sé si me da más pena haber faltado a mi deber o que el nieto hable solamente del caballo que se acercó a acariciar. ¿Y los niños gauchos? ¿Y las madres que cosieron los trajes? ¿Y el grupo folklórico que lleva años preparando los mismos bailes? ¿Y los que ensayaron la marcha, el equipo de fútbol, los corredores de sortija, los y las estudiantes del jardín, de la primaria, de la secundaria, los plomeros?, ¿no existimos?

–Mi abuelo me prometió que el próximo año voy a desfilar –añade.

–Haremos todo lo posible –le contesta Juez con ternura.

¿Y si Juez es un hombre de familia respetuoso y su esposa no le exige una cuenta en las islas

Caimán y ambos tienen a la Walas como amiga? ¿Y si Del Caño es un genio oculto de las matemáticas, el gremio, una tradición y Lísbert quiere protegerme de un exceso de crítica que no me deja vivir a mí y a las personas que intentan amarme, como Clara y los plomeros, que me pidieron encabezar el desfile y a los que desilusioné?

–Juez –grito convencido.

Juez algo debe de temer, porque se mantiene a distancia.

–Necesito un juicio suyo –grito.

–Ni los juicios ni las batallas son como los de antes –me contesta Abrigao.

–No te había visto –le digo.

–¿No viste a lo que se reduce la discusión? A dos palabras que repiten como pelotudos.

Le recuerdo que lo vi gritando por la libertad.

–Claro –afirma.

Como si fuese lógico de toda lógica estar con la tradición y gritar por la libertad.

–Y... si no me dejan afuera.

–¿Afuera de qué? –le pregunto.

–Fíjate cómo es, cada vez que intento contarles sobre las batallas que dimos cuando Ventura padre estaba a la cabeza, la muchacha seria, de anteojos, que hace de tesorera, me dice muchas gracias y se van. ¿Qué te parece esa?

Me parece que es el momento para dejar la libertad y tomar otro rumbo.

–Fíjate esta otra. La organización cuenta con un sucucho histórico que le robamos a los radicales. Las llaves siempre estuvieron a la vista de todos: aunque no estaba permitido llevar mujeres, hacían la vista gorda con los que vamos a jugar al póker. Escucha esta.

La proximidad del horror lo deleita.

–Fui a hablar con el que hace las veces de líder para pedirle la llave. No vas a creer: me hicieron un juicio público. Mi lista de delitos incluye una colecta en la que participé, creo que para comprar audífonos a los niños de una escuela de sordomudos. Total, que, como no pasaba nadie por la esquina que nos asignaron, nos fuimos al Platón con los compañeros y pusimos el tarrito en una mesa... Para qué te voy a mentir: se juntó algo de plata, lo justo para una botella de aguardiente, y entre todos acordamos guardar el secreto. ¿Te fijas? Me querían crucificar moralmente por una botella de aguardiente.

Todo lo que cuenta es motivo para irse. Abrigao se queda: aunque lo que piensan de él es humillante, toma como una misión cristiana no soltarles la mano.

–Son demasiado jóvenes –se justifica.

Le cuento que no logré llegar al desfile.

–Hiciste bien. Ellos no te quieren.

–¿Quiénes no me quieren?

–Los plomeros, dicen que los miras de arriba abajo.

Nunca me pregunté desde dónde los miro, aunque me río bastante de ellos con personas que no los conocen y que aprecian mis historias. Tal vez los jóvenes libertarios se aburren de la forma que tiene Abrigao de contar historias. Su sacrificio va a fracasar porque es un mal narrador. Le cuento que Finoli me contó que los del gremio están agradecidos y que la directiva me va a llamar en cualquier momento.

–Querrán disimular ante Lísbert –me tira.

¿Será de ellos de los que Lísbert no podrá defenderme si rompo el compromiso que tomé a cambio de recibir el carné de socio? Los vendedores de tortas fritas, agua caliente, chucherías de once, al ver que nadie abandona la corriente, se meten dentro. Ninguno ofrece pastelitos criollos.

San Lucas, no dejes que su mano equivoque el camino.

Unas corrientes más allá vuelvo a encontrar a Juez, su esposa, su hija, sus nietitos y, en la estela invisible, la casa en Laguna, la Walas, la cuenta en las islas Caimán.

–Estoy un poco confundido –le digo.

–Es el signo de los tiempos –me dice.

–El tiempo parece eterno –agrega su esposa.

Supongo que lo dice porque llevamos horas y todavía no llegamos al galpón donde se hará o se hizo ya el concurso nacional de pastelitos criollos.

–La eternidad y un día –le responde Juez.

–Mi marido es fanático del arte –me explica la mujer.

Ambos son tan cultos... Entiendo que a Juez no le llame la atención que me declare confundido. Para alguien que aprecia el arte la confusión no es alarmante. Cómo me gusta Juez. Su serenidad. En voz baja me cuenta que tiene una pequeña colección privada de arte. Deduzco por su tono que su mujer desconoce esa habitación oculta de su fortuna; insiste en que compra para ayudar a artistas que se hallan en una situación complicada. Ya no me está gustando tanto Juez. La Walas debe de pasarle nombres y luego usa ese poder para asegurarse de que los jóvenes la sigan. Se me ocurre una idea. Le digo a Juez que conozco a una excelente artista de la zona que está mostrando sus obras ahora mismo en la fiesta.

A Juez le sorprende no conocerla. Repasa mentalmente los nombres que le debe de haber mencionado la Walas.

–¿Será que trabaja con galerías de capital? –me pregunta.

–Seguro que sí –miento.

–Claro, es por eso.

–Fueron a rogarle a su taller para que hiciera una exposición en el centro cultural de Vallesta y quedó furiosa. Pasó por todos los problemas de los que hablamos antes.

–Tremendo –menea la cabeza.

–Lo bueno es que está aquí mismo –insisto.

–La afición de coleccionista la heredé de mi padre –me dice Juez al oído.

Antes de que se despache una ración más de melancolía, lo tomo del brazo.

–Yo lo llevo.

Imagino los puestos de arte popular vacíos a excepción del de Clara. A Juez fascinado comprando una; no, dos, tres obras; llamando por teléfono a la Walas para contarle que descubrió a una artista superior de la zona; a Walas reconociendo el estilo de Clara. ¡Bum! Pero Juez necesita pasar antes por la parrilla del club; no come desde el desayuno y ya son las tres. Me sorprende la hora. Tendría que comer algo también. Una corriente arrastra a Juez, su esposa, la hija, los dos nietos y, en la estela invisible, la Laguna, la Walas, las islas Caimán. Olvidé decirles en qué dirección queda el arte popular. No hace falta. Juez es un entendido. Cuando converse con Clara seguro le dice que yo le hablé bien de ella. Voy a darles tiempo para que conversen. Pensándolo bien, fue mejor no ir. Más tarde paso y le cuento que el hombre que le compró una obra es el amante de Renata Walas. ¡Bum, bum!

En una de nuestras primeras conversaciones cada quince días, con su casa para nosotros, tendidos en cualquier parte con luz en invierno y sombra en verano, Clara me contó que su sicoanalista le había dicho que la angustia es la forma en la que el cuerpo reacciona cuando percibe el peligro. Es lo que siento en este momento entre la multitud que da vueltas por la fiesta del pastelito criollo: que corro peligro. El sicoanalista también le dijo que la delgadez era su protección ante ese peligro angustioso. La delgadez de Clara... nunca sentí algo como eso. Ovidio me escuchaba y se reía: «Ahora que estás con una artista es otra cosa». Le encantaba que tuviese una compañía. Aunque Lísbert, él y yo nos divertíamos, y hasta diría que compartíamos una mirada sobre la vida, desde que supe que eran amantes, los encuentros se volvieron insulsos. Tres años después Ovidio está muerto. Lísbert con Ventura, y a mí me lleva la corriente. Me pregunto quién le imprimirá una dirección. Los puestos deben de estar desbordados y nosotros, obligados de por vida a circular.

–Salvador, te perdiste el desfile.

Roca mueve la cabeza como si estuviese acostumbrado a pillarme en falta. En la mano trae una llave gigantesca de cartón.

–Creí que no estabas de acuerdo con la tradición –le digo.

Da a entender que la tradición es una bolsa de gatos y que él está con la seccional atea. Le cuento que vi a Hacerruido y me rehuyó. Me pide que le diga exactamente dónde lo vi.

–Gracias a tu descubrimiento el gremio tiene fecha de muerte en este país –me advierte.

Imagino nuestra mesa en el Platón ocupada por estudiantes, artistas, escritores...; el edificio del gremio cerrado y cayéndose a pedazos; nosotros sin clientes, pisándonos los precios.

–No se puede acabar –reconozco contrito.

–Hay que ver lo que vale ahora un terreno como ese en pleno centro.

–Bastarían unos pocos cambios. No entiendo por qué no es posible.

Omito decirle que tampoco entiendo que Finoli me agradezca en nombre de los plomeros y luego Abrigao me cuente que los plomeros no me quieren porque los miro desde arriba y, a través de Del Caño, me acusan de haber aumentado un cero para darme ínfulas.

–¿Qué cambios? –me pregunta.

–Cambios mínimos para devolver la transparencia al gremio –le contesto–. Cambios como anular la reelección, prohibir que el cargo pase de padre a hijo, hacer públicas las cuentas, los subsidios, ordenar un catastro de los terrenos que todavía tiene en su poder y los activos de los que no sabemos nada. Y sobre todo sacar a Ventura.

–¿A qué Ventura te refieres?

–Ventura, el presidente del gremio, ¿quién más?

La expresión de Roca me hace pensar que lo escuchado hasta ahora no es nada en comparación con lo que va a salir de su boca.

–¿Tú crees que ese es el hijo de Ventura padre?

–¿No es Ventura el hijo de Ventura?

–En este país sí y no.

Debo reconocer que Roca tiene más estilo para narrar que Abrigao.

–Me vas a contar –le exijo.

–Creí que todos en este país lo sabíamos, ¿de verdad no sabes?

O sea que, cuando presenté las pruebas del desfalco, los plomeros del Platón creyeron que lo hacía sabiendo la verdad. Ese podría ser el origen del malentendido.

–Como miembro del gremio necesito la verdad ahora mismo –exijo.

Roca duda. Pruebo a mirarlo desde arriba. ¡Resulta!

–Bueno, bueno –repite–. Esto sucedió hace años. Tu madre y tú todavía no vivíais en Parera.

–Ventura padre se estaba muriendo en su casa con su primera mujer y sus dos hijos reconocidos.

Me vuelve a mirar.

–Bueno, bueno, no sé si conoces todos los detalles, así que los expongo. Una mañana tocó a la puerta de la casa de Ventura padre un muchacho que se presentó como su hijo mayor. El asunto es que al día siguiente llegó la madre del chico de Mar del Plata para certificar que Ventura y ella fueron amantes y el chico era hijo de ambos. La esposa de Ventura le permitió entrar al cuarto a despedirse de su padre. Fue la última persona que lo vio con vida.

–Después de que se murió pudieron haber llamado a elecciones. Es lo que estipula el reglamento –lo interrumpo con una rabia que me sorprende.

–Salvo que, cuando el secretario revisó la oficina de Ventura padre, no encontró ningún documento oficial o que diera luces sobre las cuentas del gremio. Ventura padre pertenecía a otra época, los negocios que hacía a nombre del gremio eran de palabra. Curiosamente el que apareció como su primogénito estaba enterado de todos los tejemanejes, lo que nos hizo pensar que su repentina aparición fue un montaje preparado por el mismo Ventura padre para que el poder no saliera de la familia.

–Entonces no saben si el hijo es un Ventura –me burlo.

–¿Sabes o te haces? –me pregunta Roca.

Saber se está convirtiendo en algo que está más allá de mis posibilidades.

–Da igual, él tampoco tiene el poder. Cuando te fuiste convencido de que habías descubierto un desfalco, qué manera de hacernos gracia.

Esto ya es mucho. Ni son, ni se hacen, ni creen en el gremio, ni son ateos. Están dispuestos a cualquier cosa con tal de acomodar las piezas y que todo siga igual.

–Al poco tiempo de asumir el Ventura que dice ser hijo de Ventura –continúa Roca–, apareció un abogado a decir que el gremio en realidad no existe, al menos no para nosotros.

–¿No?

–Resulta que desde su fundación el gremio arrastró deudas millonarias. Durante años se gastó y se gastó dinero; las propiedades se malarrendaron, hubo bonos que no se cobraron, cheques desaparecidos... y así.

Las décadas de opulencia por las que brindaron los plomeros en el Platón: las entradas al teatro, la educación gratuita, los paseos, las ayudas para los hijos que entran a la universidad, los subsidios habitacionales, las canastas familiares para Navidad, la celebración del Día del Niño...

–El abogado representaba a un multimillonario que negoció con Ventura padre, y pagó las deudas para que el gremio continuara funcionando.

–¿Estás diciendo que compró el gremio? –le pregunto atónito.

–Ventura hijo se encontró ante la disyuntiva de cerrar el gremio, liquidarlo o mantener el acuerdo.

–El impostor devino en héroe –me burlo.

Roca no me escucha.

–¿Y cuál fue el acuerdo?

–Se dice que el millonario lava dinero a través de irregularidades como las que encontraste en las cuentas. Quién sabe. A cambio de eso, el gremio hace como que existe.

–¿Lísbert lo sabe?

–Claro. Todos sabemos, aunque ninguno lo haya visto. Lo más cerca que hemos estado es un Porsche negro.

¡Mi Porsche, el Porsche... de un mafioso! No entiendo: si saben que el gremio ya no existe, por qué continúan yendo diariamente a la mesa del Platón a criticar la corrupción del gremio. Estoy tan lejos de la fiesta del pastelito como de entender el comportamiento humano. ¿A qué se aferran? ¿Al edificio, al nombre, a la insignia, al himno, al desfile? ¿Acaso no me aferro yo también a Clara, a pesar de que nuestra relación está vacía a punta de sus restricciones? Al menos yo me aferro a una pregunta, si ella me quiere: en cambio, los plomeros ¿a qué se aferran?

La pregunta me hace perder el equilibrio; milagrosamente ruedo hacia fuera, me levanto y sacudo el polvo de mi ropa. Estoy frente a la plaza. Todavía circulan algunos minigauchos arriba de sus ponis, parejas del grupo folklórico, familiares que vinieron a ver el desfile. El personal acondiciona el equipo de sonido sobre el acoplado de un camión para el grupo de música popular que vendrá a tocar. Los directores del club Apolo, a cargo de las parrillas, miran las corrientes atónitos: esperaban vender innumerables sándwiches de bondiolas y de chorizo que ahora se resecan al fuego. Si no hubiese estado dentro de la multitud creería que en la fiesta del pastelito estamos los mismos del año pasado y del antepasado: básicamente parientes, estudiantes, turistas de capital, familias de la zona con su heladerita, sus reposeras, su mesa, los niños, la suegra, el mate, comida y bebida que trajeron de sus casas.

La multitud que vino a la fiesta del pastelito criollo no se entiende a sí misma. ¿Imaginaron algo distinto y se quedaron a amortizar el gasto en gasolina? El galpón ni siquiera se abrió. ¿Qué habrá pasado? La Walas iba a votar en representación del ministro de Cultura. ¿Llegará a tanto su maldad? ¿Acaso el pastelito criollo de doña Petrona no es arte popular? Ohhh, el Porsche, cómo lo extraño. Delante del mesón del club Apolo diviso a Ventura, a Lísbert, el intendente, el delegado, el presidente de la cooperativa eléctrica. El club les puso gaseosas y sándwiches de bondiola gratis. Los plomeros están unos metros más allá. Finoli, Del Caño, Abrigao, hasta Hacerruido. Falta el Huérfano. Lísbert se aparta del grupo de las autoridades para mirar a las personas que merodean por la plaza. Me pregunto si es a mí a quien busca.

La plaza de Parera debe de estar entre las más grandes del mundo. Dos manzanas separadas por una calle que pasa por el medio. La manzana a mi derecha es la más cuidada y organizada, la usan para los actos cívicos. La que está a mi izquierda limita con los rieles del tren; allí se juega a la pelota y los días de fiesta instalan los puestos de los artesanos. La Walas y su corte de jóvenes están, como yo, en la calle de en medio. Hay algo anacrónico en la figura de la maestra y su inestable corte, sobre todo porque varios gritaron por la libertad.

–¿No es el plomero que maneja un Porsche? –pregunta uno de ellos en voz alta.

–Ven, ven –me gritan.

La Walas hace el gesto de que están todos locos, y con el gesto todos enloquecen. Les divierte, la divierten, beben vino blanco en copas de cristal. El más joven carga la heladera.

–Una copa al plomero –ordena uno mayor que los demás y que no se aleja de la Walas.

El que carga la heladerita, que no es tonto, administra su poder y, aunque todavía hay copas, me sirve el vino blanco en un vaso de plástico. La Walas le permite aplastar al nuevo, o sea yo, como hicieron con él. El grupo comienza a moverse, me muevo con él; ignoro si van hacia un lugar determinado o simplemente pasean. Adelante de mí cruza el Huérfano. Al verme, interrumpe el paso y se me queda esperando. Desde que lo apodaron el Huérfano, no puedo verlo de otra forma; tampoco tengo recuerdos de quién era antes, como si hubiese nacido con la madre muerta.

–Qué serrucho curioso que tienes ahí –me dice.

–Tiene mango telescópico –le muestro.

–¿Y esto?

El Huérfano presiona el botón en el mango. La hoja al subir casi le rebana la nariz. Se queda mirando el serrucho con admiración.

–Sabes, pienso y pienso.

Y mientras piensa, pasa los dedos por el filo del serrucho.

–Mi madre siempre cumplió minuciosamente con todo lo que le pidieron.

Los jóvenes que rodean a la Walas me urgen a que me apure. Les indico por señas que los alcanzo. Sería una descortesía injustificable de mi parte dejar al Huérfano solo teniendo en cuenta que fui yo quien le reveló que el gremio tenía el deber de ayudarlo con el funeral y no lo hizo.

–La escuela quedaba a diez kilómetros de ida y diez de vuelta. Pues bien, mi madre iba a pie pelado, con barro, con frío, aprendió a leer y a sumar, y a los quince años encontró trabajo en una faenadora de cerdos; en la cadena para rellenar las bandejas conoció a mi padre. Se casaron, tuvo a sus cuatro hijos con solo un mes de preparto y otro de posparto; los mandó a la escuela, dos llegaron a la universidad; en la fábrica nunca tuvo una falta injustificada, jamás dejó de votar en las elecciones. Cuando cumplió sesenta años aceptó jubilarse a la edad que por ley le correspondía. Aunque eso la iba a perjudicar sicológicamente, es la ley. En ese momento nos dimos cuenta de que el empresario –ella le decía el patrón– nunca había pagado los aportes jubilatorios. Mi madre recibió la pensión mínima y el patrón contrató a un abogado que lo salvó de pagar la deuda y las multas. Hasta que se murió, mi mamita tuvo que vivir de allegada por temporadas en las casas de sus hijos y pasó por la humillación de recibir dinero para comprarse hasta un caramelo.

El Huérfano acaricia el filo de la cuchilla que casi le vuela la nariz. Me doy cuenta de que tiene una «nariz afilada».

–Pero tu madre ya se fue al cielo –le digo con amabilidad.

–No se va a ir mientras esté en un ataúd alquilado. La conozco.

–Claro –le digo.

Cada vez entiendo menos. ¿Por qué los plomeros en el Platón no le recordaron al Huérfano que un gremio fantasma no puede ayudar a sus afiliados? Todos actúan como si diera lo mismo existir o no.

–La muerte de mi mamita volvió todo tan confuso –me dice el Huérfano–. Me lo voy a llevar –señala el serrucho–, te lo devuelvo en unos días.

Intenta sacármelo de la pierna. Mientras tironea le explico que lo que le pasó a su madre es producto de un sistema injusto. Toma mis manos con una de las suyas como si fuera a bendecirme por sacarle la culpa de encima, y lo que me saca es el serrucho telescópico.

–Es maldad –me grita.

Se aleja tan rápido que no alcanzo a decirle que no le va a servir de nada un serrucho de poda en altura. Me lo quedo viendo cruzar la manzana en la que hacen los actos cívicos en dirección al acoplado donde las autoridades, Ventura, Lísbert, sus hijos, comen y beben gratis. Tendría que ir detrás de él, disuadirlo de lo que sea que está pensando.

–Vamos –me grita el que se comporta como lugarteniente de la Walas.

Los jóvenes que se detuvieron a esperarme cierran fila a mi espalda, haciéndome parte involuntaria de su plan. Meto las manos en los bolsillos del pantalón, el control del Porsche no está. Debió de caerse cuando rodé afuera de la multitud.

San Lucas, tómalo de ambas manos y tira de él.

La Walas, los jóvenes y yo caminamos y hablamos en voz alta con las copas en una mano y los pastelitos criollos que le robaron a doña Petrona en la otra.

–Toma, queda el último.

El rucio me tira un pastelito con tan mala puntería que cae al piso. El que viene atrás lo pisa, me da pena verlo despanchurrado: descubro que me gustan, sobre todo los rellenos con dulce de batata. Los jóvenes artistas cantan, bailan, se divierten, la divierten, me hacen preguntarme si un artista necesariamente debe de tener una obra para ser considerado como tal. Le pregunto al que lleva la heladera si sabe algo del concurso nacional del pastelito. Me cuenta que la pastelera *veggie* de Vallesta se enteró de que la Walas no iba a darle el voto que ella había pactado de antemano con el intendente, quien, aproblemado de romper con la tradición de votar a doña Petrona, nombró a la Walas, y la pastelera *veggie* armó una rebelión apoyada por un miembro del jurado que piensa pelear el cargo provincial el próximo año y otro que busca meterse en el negocio de los carnés de conducir.

Tengo un presentimiento, un temblor.

–¿Entonces dónde van? –les pregunto.

Se miran entre ellos.

–Vamos hacia el arte popular –responde el lugarteniente de la Walas.

–Vamos a buscar un atrapasueños.

–Un tupper.

–Y yo, un pantalón de gaucho.

–Yo sueño encontrarme con una obra de arte verdadera, no como las que están en las galerías para millonarios o en los museos burocratizados. Lástima que aquí no la voy a encontrar –dice con ironía otro de los jóvenes.

–La vas a encontrar –recita uno con voz de tenor.

–La vas a encontrar. –Añade el barítono.

–La vas a encontrar. –El contratenor.

La Walas aplaude, encantada de la creatividad de los jóvenes que la admiran, y me dirige una sonrisa de aliento. Vuelven a recuperar la formación que desarmaron las risas. Si no reconocí a la Walas en Laguna fue porque Clara la retrató colmada de gloria y poder. Nunca mencionó la piel aletargada por el alcohol y el tedio. La lucha de Clara para que la reconozcan como artista no le provoca a la Walas emoción porque ya nada la emociona. Su vacío es contagioso, y aunque van por una calle de Parera se divierten como si estuvieran en un carnaval. Solo les faltan los antifaces, aunque podría decir que ya los tienen dibujados.

–Un pajarito me contó que hay una artista vendiendo sus obras junto al vendedor de bisuterías –cuenta el rucio.

–Con los atrapasueños.

–Y los mates de calabaza.

–Las suculentas.

–No olvidar a las señoritas vendedoras de ollas Essen.

–Yo quiero verlo.

–Sí, sí, qué curiosidad.

–¡Santa obra! ¡Santa obra! ¡Santa obra! –repiten muertos de la risa.

Disfrutan por anticipado del placer que les dará ver a los y las visitantes pasar de largo por las obras de arte verdaderas, y a Clara de pie esperando vender. La Walas les tuvo que contar que Clara tiene un novio plomero que cree en las artistas románticas y, cuando me vieron cerca de ellos, también vieron la posibilidad de aumentar su diversión. Porque a eso van, a burlarse de Clara. ¡El Huérfano! Me olvidé por completo de él. Tengo que decirle que es peligroso caminar con el mango desplegado. Estoy a tiempo de mandarle un mensaje. No creo que vea su teléfono. Ya debe de haber llegado al mesón donde están Ventura, Lísbert y los otros. Quizás solo quiere un sándwich de bondiola y luego volverá con los plomeros. Voy a ver dónde está.

–¡No!

Dos manos entrelazadas me tapan la visión.

–Cuidado que te conviertes en estatua de sal.

–Y no queremos eso –dice la Walas, coqueta.

–No queremos, no queremos, no queremos –responden a coro los jóvenes.

Les sigo el juego. Si el Huérfano interpela a Ventura porque el gremio no cumplió con el dinero para un funeral a la altura en la que el Huérfano pone a su madre, tiene toda la razón, aunque Ventura se le ría en la cara. Con suerte le regala un choripán y una coca. Seguro que con el dinero que le cobra al millonario ya montó una fábrica de chorizos para venderlos en las fiestas.

El encargado de la heladera rellena las copas mientras camina, el vino rebalsa, se lamen el vidrio unos a otros. Se burlan de las posibilidades que se abrirán a los artistas para mostrar sus obras contemporáneas en las ferias.

–Imagínate, venir a buscar un León Ferrari o un Goic a la fiesta del pastelito –exagera el lugarteniente de la Walas.

–Éxito –canta el tenor.

–Éxito. –El barítono.

–Éxito. –El contratenor.

Cuando Clara me contó que estaba persiguiendo al director de la fiesta del pastelito, sentí pena, rabia, dolor de que se pusiera en ese lugar. Ahora entiendo que exponer sus obras aquí hace saltar por la ventana la necesidad de una curadora, críticas, galeristas... el circuito completo del arte. Para ella fue un acto de arrojo poner en su cuerpo la pregunta por el lugar del arte ante el escrutinio de un público que no comprende la existencia del arte. Clara, su delgadez, la ropa de cama de algodón gastada en sus sueños, el pelo largo enredado por la mañana, la obra inconclusa que comenzó a trabajar al día siguiente de conocernos y que mantuvo en el taller durante estos cinco años mientras, en el interior de la casa, creaba las restricciones con las cuales me mantenía lejos a su lado.

Esa noche de sábado, en que permanecí a escondidas en el comedor de su casa, no supe descifrar el mensaje oculto de la obra desplegada sobre la mesa. Los juegos de cubiertos que Clara sumó al inglés inicial provenían de distintas casas, países y épocas. ¿Cómo lo sé? Por los tomos de la enciclopedia y las fotocopias sobre vajillas y cubiertos del comedor. Clara buscó las similitudes entre las imágenes impresas y los cubiertos. Fue identificando el país, la fecha, la fábrica, el diseño, y pudo separar esa enorme masa en nueve juegos.

Había algo en ese conjunto –aparentemente inofensivo– que la paralizaba, más allá de la anormalidad de que su exmarido hubiese dejado los cubiertos de su familia en la casa donde ella vive con sus hijas. Alguna vez la oí decir que él se fue con el televisor, la bicicleta y el bar. Ella tuvo que deshacerse, recurriendo a sus propias fuerzas, de los muebles; reemplazó un cómodo sillón de cuero usado que les regaló la madre del exmarido por un camastro hecho con palets y cojines. Cuando me contó que él la dejó con todas las cosas, incluidos los cubiertos de su familia, tuve la impresión de que no le preocupaba tanto la desidia de su exmarido, o su demostración de poder, como la posibilidad de que, al dejarle esas cosas, estuviese siendo perverso con ella.

Fue una suerte que la obra del comedor no estuviese terminada. La verdadera obra, según Clara me contó en la cocina, iba a ser un video editado de las horas de grabación, primero en el taller y luego en el comedor. Ella y yo quedamos como únicos testigos de la obra real.

Según lo que pude reconstruir, en un primer acercamiento Clara descubrió que el juego que les regaló la madre de su ex procedía de la ciudad alemana de Solingen, elogiada por sus fábricas de cuchillos, que comenzaron a hacer a partir de espadas hechas a mano en el siglo XIV. Para acercarse a los cubiertos donados por su suegra, Clara necesitó que Solingen se volviera material, que lo hicieran las espadas, el siglo XIV, la vida de la madre de su madre en el pueblo eslavo vecino de Solingen; las teclas dibujadas en un cartón donde la alemana le enseñó a su hija a tocar el piano que una vez casada se negó a tocar.

Me gustaría saber qué lugar ocuparon las restricciones en la formación de la obra: por ejemplo, el día que no quiso ir más a un restorán conmigo, ¿qué movimientos ocurrieron en el taller? ¿Fue en esas horas recuperadas cuando se le ocurrió separar las piezas de los nueve juegos?

Como dije, todos los juegos estaban incompletos: del de acero inoxidable Pampa de la provincia de Jiangsu, quedaban veintidós piezas; del Christofle, media docena; del juego francés imitación palacio europeo, cuarenta y cinco; del juego argentino de aluminio pintado Gamuza, diecinueve. El más antiguo venía de una fábrica de Dinamarca anterior a la segunda guerra mundial. El primer familiar de la rama paterna del exmarido de Clara vino en barco desde Dinamarca y debió de traer el juego de cubiertos familiar. Treinta y cinco piezas tenía Guldsmed Vald Noes Holstebro.

Una vez que Clara terminó de separar los nueve juegos, reunió fuerzas para la siguiente etapa: separó los cuchillos para ostras de los cuchillos de pescado y de los cuchillos de fiambre; separó los cuchillos de ensalada de los de mesa, de los de carne, de los de trinchar y los de afilar; separó los cuchillos de postre de los cuchillos para untar, de los cuchillos de fruta, de los cuchillos de torta, de los cuchillos para aves de caza, de los cuchillos de queso. Separó los tenedores de mesa de los tenedores entrantes y de los tenedores de pescado, de los del plato principal; separó los de la fruta de los de asado, de los de ensalada, de los tenedores para servir en la mesa, de los tenedores para caracoles, de los de ostras; separó los tenedores de repostería de los atrapachoclos, de los pinchapepinillos. Separó el cucharón de la sopa del cucharón del ponche, del cucharón de guiso; separó la cuchara para salsas de las que se usan para comer huevos a la copa, de las soperas, de las de consomé, de las de mesa; separó las de ensalada de las de postre, de café, de té; separó las cucharas para servir guarniciones y acompañamientos de las cucharas para revolver y servir las ensaladas; separó las del queso rallado de las cucharas de fruta; separó las cucharas de aceitunas de las cucharas para mezclar tragos.

Los sábados y domingos que decía estar ocupada y no podía verme, Clara separaba y separaba. Cuando la llamaba por celular en vano; cuando no comía conmigo las ostras en la mesita redonda bajo la flor de la pluma; mientras yo pasaba delante del portón cerrado y la casa estaba iluminada por dentro, Clara separaba y separaba las ciento ochenta y cinco piezas de los nueve juegos. Imagino el alivio que sintió al ver lo que tuvo la fuerza de hacer. En cambio yo, enceguecido por las restricciones que me imponía, nunca comprendí lo que pasaba. Creía que la causa de su angustia eran los desaires de la directora del Museo Moderno, las maniobras de la Walas, el rechazo de la crítica. En la separación de la obra Clara se fue separando de su marido y de su anterior vida. ¿Y de la mía? ¿Acaso me incluía en su separación? No podía creer que hubiese comenzado a separarse de mí al día siguiente de conocernos. Y sí, me mantuvo a su lado hasta que la separación de la obra concluyó con la nuestra.

Un grito me saca de mis pensamientos.

–¿Qué pasó allá atrás? –pregunta el lugarteniente de la Walas a los jóvenes.

El rubio deja la columna y, contrariando el mito, voltea para mirar hacia el acoplado, de donde provienen los gritos. Sin darme vuelta reconozco la voz de Lísbert, su llanto desgarrador. Por el micrófono piden un médico, una ambulancia.

–¿Qué estamos esperando? Vamos –grito–, avancemos, para eso estamos acá.

Me pongo a la cabeza de la columna junto a la Walas y a su lugarteniente. Se ríen, me río. Se burlan del ego de las artistas y me burlo. El celular vibra furioso en el bolsillo de mi camisa. Le echo una ojeada, es Lísbert. Ya le contaron que vine a la fiesta con un serrucho igual al que usó el Huérfano para cortarle la cabeza a Ventura en venganza por el funeral que el gremio debió de darle a su mamita y no le dio. Seguro que uno de los plomeros vio cuando el Huérfano me quitó el serrucho y dirá que yo se lo di. Otro plomero añadirá que se lo di con la orden de ajusticiar a Ventura. Pobre Huérfano: quedó tan confundido después de la muerte de su madre, no sabe lo que hizo, estarán diciendo, y agregarán que en ese estado no me habrá sido difícil convencerlo de que Ventura, como presidente del gremio, es responsable de que haya enterrado a su madre en un cajón alquilado. Alrededor de los puestos de los artesanos ni un solo árbol ofrece su sombra. El arte popular empalidece al sol. La Walas me toca el brazo y deja allí la mano. Quiere que Clara nos vea del brazo. Los jóvenes artistas avanzan detrás de nosotros como en una película musical, cantan, bailan: somos un grupo colorido, con ellos no me siento distinto. Me acerco a la Walas y, en confianza, le pregunto qué va a hacer con el perro que llora dentro de la casa de Laguna, y le propongo llevarlo al canil municipal.

–¿Qué perro? –me pregunta.

Como un relámpago, me viene la certeza de que las dos veces que fui a su casa nunca lo vi.

–¿De dónde sacaste que allá tengo un perro? –insiste la Walas.

De las variaciones que se me ocurrieron para entender el llanto persistente del perro dentro de su casa de Laguna, ninguna tomó en cuenta la posibilidad de que no existiera un perro.

–El que está dentro de la casa –explicito.

La Walas se sorprende genuinamente.

–Esa casa es un depósito de obras de arte.

–Eso no es arte –contesto sorprendido.

–Vengan, vengan, el plomero nos va a decir qué es arte.

El lugarteniente de la Walas convoca a los demás.

–Dinos –exige el tenor.

–Queremos saber. –El barítono.

–¿Qué es el arte? –El contratenor.

–Un arte que se pone en lugar de la vida no es arte –digo.

–¿Qué es el arte? –gritan los jóvenes a coro.

–Si fuera así, ¿qué pasaría con la gente común? ¿También a nosotros el dolor nos convertiría en artistas? –les pregunto.

–Miren allá –nos indica el que carga la heladera.

Se ha formado una aglomeración delante de uno de los puestos. Los demás vendedores miran la popularidad que les es ajena con los brazos caídos. Quienes logran comprar se alejan con un paquetito en una mano, y con la otra guardan la billetera. Los jóvenes artistas se acercan, me resisto, se les pasa el buen humor.

–Tú nos trajiste hasta acá –mienten–. Ahora nos dirás si es arte.

Del techo blanco del gazebo cuelgan tres cartulinas también blancas. Un dibujo de un tenedor, un cuchillo y una cuchara. Los paquetitos que la gente se lleva contienen una combinación aleatoria de cubiertos anudados con una cinta de satén roja. Los billetes pasan por encima de las cabezas hasta caer en una caja de metal que Clara tiene sobre el tablón. Los jóvenes artistas miran con la boca abierta, sus ojos interrogantes buscan lo que la Walas tiene para decir. Los párpados hinchados de la mujer caen a media asta vidriosos por el alcohol, la boca se deforma por el desprecio que acaba de helar la sorpresa. Sus uñas se hunden en mi antebrazo. A mis espaldas oigo la sirena de una ambulancia, o es la policía que responde al llamado del crimen. Se abre un hueco entre los compradores y alcanzo a ver a Clara con un delantal blanco inmaculado sobre la vestimenta de algodón negra que usa para salir al mundo como artista. El mantel de hilo blanco donde comemos las ostras cubre el tablón. Clara, su pelo largo enredado por las mañanas, la ropa ordenada por colores en su armario, el perejil, la flor de la pluma, los muros con cal del garaje. Por atrás oigo que se acerca un tumulto, voces, pasos, gritos, llantos.

En sus últimos días de vida Ovidio tuvo dos

preocupaciones: el gremio y su gato. Por momentos se le mezclaban y no sabías si hablaba del uno o del otro. Debido a una obstrucción, el veterinario tuvo que abrirle un agujero para que hiciera pis. El éxito de la intervención dependía de que se mantuviera abierto. El problema era que naturalmente tendía a cerrarse. A pesar de las infecciones, la incomodidad, el dolor, su edad avanzada, Ovidio insistía en que la esperanza del gremio dependía de mantener abierto ese agujero, aunque adentro anidara un fantasma.

Los jóvenes artistas que vienen con la Walas gritan a mi espalda que también quieren comprar cubiertos. Clara voltea al oír las voces conocidas y se encuentra de frente con la Walas; observa su brazo agarrado al mío, su lengua en mi oreja, su boca murmurando que el arte es un perro herido que no para de llorar; sigue hasta alcanzar mis ojos y en los suyos encuentro la clave de la obra que vi aquella noche en el comedor de su casa.

Si me demoré en encontrarla fue porque no estaba en los nueve juegos de cubiertos, sino en una esquina de la mesa; era un único tenedor con un mango plástico que imitaba la corteza de un árbol. Imaginé que algunos días Clara almorzaba junto a su obra y que el tenedor pertenecía a los cubiertos de uso diario. Al regresar a la cocina busqué uno igual. No existía. Cada uno de los ciento ochenta y cinco cubiertos desplegados en la mesa tenía un lugar en su especie; aunque de los Christofle quedara un solo tenedor de pescado, ese tenedor pertenecía a la especie para comer pescados. No así el de mango plástico que imitaba la corteza de un árbol.

En estos cinco años Clara no supo dónde poner ese solo tenedor y lo mantuvo a la espera. La compasión por mí y por mis pensamientos conservadores, que veo al fondo de sus ojos, hace añicos las variaciones que inventé para explicar sus restricciones. Clara sigue con la mirada a los jóvenes artistas que reclaman su parte de la obra; temo que va a ponerse a temblar y, en cambio, les devuelve un rostro triunfal; despacha uno, dos, tres, cinco juegos, los billetes caen a la caja. Detrás de mí oigo pasos que se aproximan, voces airadas, gritos, la voz de Juez que ordena a los policías que se acerquen tranquilos porque yo mismo pedí que se me juzgue. Clara se transforma en una imagen confusa, desenfocada.

ÍNDICE